銀河叢書

酒場の風景

常盤新平

幻戯書房

目次

装丁　緒方修一

酒場の風景

初出

Ⅰ『クロワッサン』一九九一年六月十日号、七月十日号、七月二十五日号、八月二十五日号
Ⅱ『小説現代』一九九一年十月号～一九九二年八月号、十二月号

I

アタッチメント

　扉がそっと開いて、女の顔が覗いた。古い三階建のビルの入口から階段をのぼってきた夜の冷気が二階の酒場に流れこんできた。

　折原がかすかに笑みを浮《うか》べると、カウンターにいる二人の客がふりかえった。七人ほど掛けられるカウンターも客はその二人だけで、四人掛の小さな二つのテーブルも空いている。

「笹口、来てます?」

　女は遠慮がちに訊《き》いた。髪が雨に濡れて、泣いているように見える。レインコートにも雨粒が光っていた。

　折原は首を振り、どうぞ、とカウンターの空いている席をすすめた。女はレインコートを脱いで、扉の横のハンガーに掛けると、折原の前の椅子《いす》に腰を掛けた。ハイネックの青みがかった淡いグリーンのワンピースが薄暗い酒場のなかを一瞬明るくした。

昔のジャズが低く流れていた。折原はジャズは好きだが、知らない曲である。

二人の客は話題が尽きたのか、氷のとけかかったグラスを前にして黙りこんでいた。まもなく十一時半になる。

折原はグラスに氷を入れて、スコッチを注いだ。目の前にいるのは、スコッチを飲む女である。笹口和也の女でもあった。

笹口にはじめてここへ連れてこられたときから、彼女はスコッチである。銘柄も変らない。笹口がいくらすすめても、八年ものしか飲まなかった。折原はそこに好意のようなものをおぼえてきた。

彼女は、ありがとうと言って、折原がカウンターにおいたオン・ザ・ロックスをひと口飲んだ。それからカウンターに左の肘《ひじ》をついて、手を顎《あご》にあてがい、グラスを見つめた。

彼女がひとりでここへ来るようになったのは、去年の秋ぐちからだ。それ以前から、折原は、笹口が彼女から去ったのを知っていた。二十年近く酒場をひとりでつづけていると、そういうことはすぐにピンとくる。

「今夜も来ないわね」

自分自身に言いふくめるような口調。折原はいままでに同じ台詞をなんども聞いている。

よくよく縁がないのだと折原は思う。これも折原からすれば、ありふれた話である。そういう例をいやというほど見てきた。……カウンターで交わされた別れ話の数をかぞえたら、きりがない。折原は聞こえなかったふりをして、布巾でグラスを磨きはじめた。二人の客が椅子からおりた。いまからなら終電に間に合う。一人が勘定を払うときに言った。

「最初に飲んだ、なんとかいうカクテル、あれはよかった。花水木《はなみずき》は旨いカクテルを飲ませるね」

折原は釣りをわたしながら、このお世辞にかるく頭を下げた。二人の客が扉を開けて出ていくと、階段をおりる重い足音がひびいてきた。

「花水木ってお店の名前、いいわね」

そう言ってくれた女に折原は笑みを返した。

「いつも思ってたんだけど、どうして花水木ですの？」

折原はグラスを磨くのをやめた。

「花水木の花が好きなんですよ。桜が散って、この花が咲く時期も好きでしてね」

「英語ではドグウッドっていうのよ」

「そうですか」

彼女が翻訳家であることを思い出した。そういう女があまり本を読まない笹口などになぜ惹《ひ》かれたのか。しかも、男がもう自分を愛してはいないと知りながら、男を追っている。

笹口が彼女に熱くなっていたころ、彼女は三十三でね、女の厄年だよ、と言ったのが折原の耳に残っている。それから二年近くたっているが、折原の目から見れば、この女はいぜんとして三十三歳だ。若さが失われることもなく、厄年もつづいているようだ。

「いっしょに飲みません？」

誘われて、折原はうなずき、同じスコッチで薄いソーダ割をつくった。もう強い酒はいけない年齢《とし》と躰《からだ》である。

二人はグラスを掲げて、乾杯のまねごとをした。彼女のグラスの酒がなくなり、折原はオン・ザ・ロックスをつくってやった。

「笹口、来るかしら？」

酔って呟いているのだった。ここへ来る前に、笹口が行きつけの酒場を二、三軒まわってきたにちがいない。

折原は返事しなかった。気休めは言いたくないし、今夜も来ないと断言するのもためらわれた。

「笹口はウーマナイザーだから」

彼女は言って、新しいオン・ザ・ロックスを呷《あお》るように飲んだ。はじめて聞く言葉だったが、折原にはこの英語の意味がわかるような気がした。おそらく、女誑《たら》しという意味だろう。

「どうしたらいい、私？」

涙がにじむ目で折原を見た。

「わかってるわ、どうしたらいいか。昼間は仕事に追われているからいいんだけれど、暗くなってくると、だめ。躰が言うことを聞かなくなって、月島のアパートから銀座まで、とぼとぼ歩いてるの。ばかね、今夜は雨のなかを歩いたりして」

折原はいたましそうに彼女を見ながら、彼女が翻訳したアメリカの小説のストーリーを思い出そうとした。彼女が花水木にはじめて来たとき、名刺代わりだと言って、折原にくれた、発売されたばかりの小説である。妻子ある男と恋に落ちても、きっぱりと別れる女性弁護士の生き方を肯定的に描いていた。

折原が黙っていると、女はぽつりと言った。

「未練ねぇ、情けないほど古い」

彼女の目から涙がこぼれ落ちた。それが折原には三十五歳の生娘《きむすめ》に見えた。世間知らず。活字でしか世の中や男を知らなかったのだ。

ふと好奇心に駆られて、折原は訊いた。

「未練って、英語だとどうなりますか」

「アタッチメントかしら」

即座に言って、彼女ははじめて笑顔を見せた。折原は苦笑を浮べて、柄にもなく忠告する気になった。

「旅に出ることですね、カリブ海にでも」

「ええ、そのつもり」

驚くほど素直に彼女は答えた。

「ずっとそう思っていたの。ただ、決心がつかなかっただけ。明日にでも旅行代理店に行ってみるわ。ありがとう」

彼女はオン・ザ・ロックスを一気に飲んで、椅子からおりた。

「お勘定は?」

「いいですよ、笹口さんにつけときます」

「いい気味」

彼女がはじめて笑顔で言い、レインコートを着ると、折原はカウンターから出て、客が忘れていった傘を彼女にわたし、扉を開けて、彼女を送りだした。

雨が窓を叩いていて、外は吹き降りらしい。彼女が今夜の最後の客だろうが、昔のジャズを聴き、薄いソーダ割をすすりながら、平常通り午前二時まで営業するつもりでいる。

ディムプル

二つのテーブルの客が前後して去り、酒場のなかがいっとき静かになった。カウンターは客のぼそぼそした話し声が行きかうだけだが、三人か四人でやってくるテーブルのほうは賑やかになる。

折原は、晴子が小腰をかがめて、テーブルを片づけているのを見るともなく見ていた。グラスや灰皿や小皿をトレイにのせたあと、濡れた布巾でていねいにテーブルを拭いている。慣れた手つきだけれど、青白い横顔を見ていると、痛々しい感じもした。

晴さん、と折原は小声で呼んだ。彼女はトレイをカウンターにおいて、エプロンで手を拭き、物問いたげな目で折原を見た。

「もうお帰りなさい。電車がなくなる」

十一時半を過ぎている。晴子には月曜日から来てもらって、今夜で五日目、十一時過ぎには帰ってもらっていた。

「今夜は大丈夫です。どうせ帰っても、ひとりですから」

折原は苦笑してうなずいた。言いだしたら聞かないことはわかっている。山下の妻だったころからのつきあいだった。若い愛人のできた山下とは、別れますとひとこと言って、夫の家から飛びだしている。

いさぎよいといえばいさぎよいが、山下との結婚は軽はずみではなかったかと折原は他人事《ひとごと》ながら思う。しかし、酒場の主人が、あなたを本当に愛しているのは坂上さんですよなどと口出しすべきではない。

「じゃあ、二時ごろまでつきあってもらいましょうか」

折原があっさり言うと、晴子はにっこりした。笑《え》くぼが三十五歳の勝気な女を稚《おさな》く見せた。ディムプルという、これの英語がいつのまにか彼女の愛称になった。ロンドン帰りの商社マンが気取って名づけたらしい。

カウンターの奥の女がバーボンのソーダ割を注文した。渋い感じの男といっしょに来た三十代のこの女もまた花水木の常連である。この酒場の客は、いまや三分の一が女で占められている。ディムプルがそのなかでも一番古い客の一人だった。

さまざまの男が彼女をここへ連れてきた。いや、晴子が私は花水木の客引きみたいと言ったように、もっと飲もうと言われて、それならと花水木に案内したのかもしれない。

折原が飲物をつくると、晴子がそれをトレイにのせて、女の客にはこんだ。彼女といっしょに来た、いかにもファミリーマンといった感じの男が晴子をじっと見た。

晴子を知らない客が多いだろう。彼女が最悪の選択をして、山下の三人目の妻になった三年前から、花水木に姿を見せなくなったのだ。仕事もやめて、夫につくした。ひとつことに献身する女だ、と折原は見ている。

山下を知る前の晴子に、恋人がいたという噂は折原も聞いてない。グラフィック・デザインの仕事に熱中していて、自然に守りが固くなっていたようだ。

晴子がカウンターをはさんで、折原の前に立っていた。折原はカウンターのなかにはいって椅子にすわるようにすすめた。八時ごろからほとんど立ちっぱなしだったから、彼女はほっとしたように椅子にすわった。かわって立ちあがった折原が冗談を言った。

「スレンダーな脚が太くなったかな」

気障《きざ》なお世辞に晴子は俯《うつむ》いて笑ったが、脚はジーンズに隠れている。普段着で手伝いに来てくれと言ってあったのだ。晴子は化粧もしてない。

客はいまはカウンターの奥の男女二人のほかに、よく来る家電メーカーの社員が二人。どちらも三十代で、来たときからパーカーやルース・レンデルなど英米の推理小説について飽きずに話をしている。

「疲れたでしょう」

折原が小声で訊くと、晴子は素直にうなずいた。この五日間よく頑張ってくれたと折原は思っている。

「でも、おもしろい」

晴子は見上げて呟いた。彼女の正体を尋ねる客には、折原はうちの出戻り娘ですと答えている。事情を知る客は晴子が還ってきたのを歓び、昨夜などはべつべつにやってきた五人の常連が彼女をかこんで、晴子万歳と叫んで、本人を涙ぐませた。

「そろそろ本業に復帰したら？」

折原は励ますように言った。晴子の才能を買ってくれる人が多いのを折原は知っているし、そのうちの何人かは花水木の客である。

「もうしばらく花水木でお手伝いをしたい」

「それは困る」

推理小説ファンの二人が立ちあがった。電車に遅れないように帰るのだ。晴子が立ちあがって、カウンターから出ると、二人の客のためにドアを開けてやった。いまは折原の手伝いに徹していらしい。

晴子はもどってきて、カウンターを片づけた。折原から布巾を受けとって、落花生の殻や煙草の灰が残っているカウンターを念入りに拭いた。

ドアが開いて、ダーク・スーツの客がひとりまっすぐカウンターにやってきた。晴子と同じ事務所にいた坂上である。折原は黙って坂上のスコッチのオン・ザ・ロックスをつくった。

坂上も飲む酒がきまっている客のひとりだ。折原は、晴子が坂上と結婚すればとひそかに願っていたが、他人のことは自分の思いどおりにはいかない。晴子が結婚してまもなく、坂上は諦めて見合い結婚をした。

晴子が懐しそうに寄ってゆき、折原がつくった飲物を坂上の前においた。仕事でずっと大阪に行ってたものでと坂上は弁解し、グラスをかかげて、元気で何よりと晴子に言った。折原は皮肉な目で二人を見た。

突然、バンッという音がした。女の客が相手の顔を殴ったのだ。

「狡《ずる》いわよ、あなた、約束がちがうじゃないの」

女の怒った声に、男はかなしそうな目で彼女を見ている。折原はグラスを洗いはじめ、坂上と晴子は顔を見合わせた。

「いっしょに帰るよ」

男はなだめるように言って立ちあがったが、女は泣いていた。どうせ痴話喧嘩だと折原は同情しない。

「いつ事務所にもどってくれるのかな」

坂上が訊いた。晴子は笑くぼのできる笑顔を見せた。

「みんな待ってるんだよ」

「そのうちに。いまは出戻り娘がここで親孝行したいの」

坂上は折原を見た。折原はバーテンダーらしく曖昧な表情を見せた。

殴られた男が殴った女を抱えるようにして、酒場から出ていった。こんなことは花水木でもときどきある。

「勉強になるでしょう」

折原は晴子と坂上に言った。晴子はにっこりうなずき、坂上はスコッチを飲んで、一瞬、顔をしかめた。

イクスクィジット

カウンターに女が三人も並ぶと、折原は圧倒されて、自分の店ではないような気がしてくる。彼女たちが初老の男手ひとりでやっている酒場にやってくるのは、銀座が、というより東京、いや、世の中が変りつつある証拠だろう。

三人のうち、二人は離婚の経験があり、一人は恋多き女である。何がおもしろくて、この酒場に来ているのか、折原にはわからない。

しかし、今夜はやや騒がしい。梅雨が明けて、かっと暑くはなったものの、降りつづいた雨の鬱陶しさから解放されたからか。音楽が話し声や笑い声にしばしばかき消されてしまう。カウンターもテーブルも空席がない。

「名器なんてそんなもんじゃないよ。タイト・フィットていうのは——」

「要するに巾着のことだろう」

酔っているから声が大きくなる。折原はカウンターの奥で名器論争をつづける二人の青年にちらりと目をやった。上司が先に帰ったのをいいことに、マーティニなんか飲んで、オダをあげている。勘定は上司持ちだ。

「でも、そんなもの、あるのかな」

「あるって。英語にだってちゃんとあるんだから。エクセレント・ハニー・ポットとか、優雅な楽器にたとえて、イクスクィジット・インストルメントだとか」

二人の青年は三十近い独身と折原はみている。甘ったれた感じがする。もう少し声が大きくなったら、折原は注意するつもりでいた。カウンターの三人の女を除いて、二人の会話に気がついた客はいないようだ。

彼女たちはスコッチのソーダ割を飲みながら、クライアントがどうの、プロジェクトがどうのといった話もとだえがちで、ときどき二人の青年のほうに目を走らせていた。

三人とも花水木の常連で、仲がよいのを折原も知っている。広告代理店に勤めて年齢は三十五歳前後。いつもなら二、三杯飲んで引きあげていくのだが、今夜は三人がそろったせいか、帰る気配はない。

彼女たちは肌の色、髪型、服装にそれぞれちがいはあるけれど、男を惹きつけるサムシングがあると折原はみている。それは二十代を乗りきって、仕事と私生活に自信を深めたことから生れる落ちついた美しさと言ったらいいか。しかし、それでは彼女たちを美化しているのではないかという気がしないでもない。

「お願いします」

女たちの一人が折原に言い、空になったグラスを掲げてみせた。ほかの二人のグラスも氷だけになっている。折原は新しいグラスにスコッチのソーダ割をつくった。

「英語にもある以上は、名器はこの世の中にあるんだなあ」

「あるさ。数の子天井、みみず千匹、Gスポット、みんなこの世の神秘だよ」

「小説にしか出てこないと思ってた。小説の読みすぎじゃないのか」

そういえば、むかし、潮吹き女というのがいたな、と折原はグラスを三人の女の前におきながら、苦笑をこらえた。本人の告白によれば、彼女のセックスはベッドが水びたしになるという。それを信じるか信じないかというより、折原にとっては気味が悪かった。

「小説じゃない、現実だよ」

「経験があるのか」

「おれはそいつを探してるんだ」

「みみず千匹や数の子天井を?」

二人の青年はダーク・スーツにネクタイを締めていた。どちらもネクタイがスーツの色にぴったり合っている。なんだかマニュアルどおりという感じがしないでもない。

扉が開いて、なじみの客が顔を覗かせた。三人というしるしに、無言で指を三本上げてみせたので、折原は申訳《もうしわけ》なさそうに首を振った。すると、テーブルの一組が立ってくれた。客のこういう気くばりが花水木の魅力かもしれない。

折原はカウンターのなかから出ていって、立ちあがった四人の男女に礼を言い、新しい客にはちょっと待ってくれるように伝えた。四人組の一人が勘定を払い、外は暑いんだろうなあと言って出てゆくとき、新しい客が、すみませんと頭を下げた。

折原がテーブルの上のものを片づけると、三人の客はビールを注文した。

「咽喉が渇いちゃってね」

一人が弁解するように呟いた。

「これからがロング・ホット・サマーだ」

もう一人がネクタイをゆるめて言った。

残る一人は上着を脱いで、ハンガーにかけた。

日中の暑さがまだ残っているらしい。しかし、酒場のなかは冷房がきいている。折原は冷蔵庫からビールを二本とりだして、グラスといっしょにテーブルへはこんだ。もう一つのテーブルの四人組がバーボンの水割を注文した。

折原は再びカウンターのなかにはいり、氷を入れた四つのグラスにウィスキーを注いだ。それにミネラル・ウォーターを加え、マドラーは氷を刺すように入れるだけで、かきまわすことはしない。

「あとは僕がやります」

四人組の一人がカウンターにやってきて、トレイにのせた水割のグラスをテーブルにはこんだ。店が混んでいると、客も心得たもので、セルフ・サービスになる。

折原は溜息をついた。夏は好きだが、暑さには弱いのだ。ビールを飲みたかった。今夜はまだアルコールを腹に入れてない。さっきからウーロン茶ばかりである。

「おれもイクスクィジット・インストルメントとやらにあたってみたいな」

「それだよ、今年の夏の課題は」

同じ話がまだつづいている。二人ともできあがっていて、どこにいるのかもわからないのではないか。折原はなるべく客のほうを見ないように俯いている。

バン、とカウンターを手で叩く音がした。女三人組の一人、恋多き女が目を大きく見開いて、となりにすわる青年を睨みつけている。

「何よ、あなたたち、さっきからいい気になって」

押し殺したような声に迫力があった。彼女一人ではなく、ほかの二人も声をそろえて叱っているように聞こえた。

「名器、名器って。何がイクスクィジット・インストルメントよ。女をプラモデルか何かだと思ってるんでしょ。マッチョ気取りで」

二人の青年はあっけにとられたように女をみつめている。甘やかされた学生だった。

「女と寝たこともないくせに。あなたたち童貞でしょ。恋も愛も知らないでしょう。ここは大人の来るお店なのよ。早くおうちに帰って、ママにミルクを飲ませてもらいなさい」

テーブルのほうからいっせいに拍手が起こった。生意気な弟を叱りつける賢い姉のような女は化粧室に駆けこみ、二人の青年は蒼白な顔をしていた。折原はすでに彼女の勘定をただにするつもりでいる。

ケ・サラ

令子がさっきから同じ曲をハミングしている。聞こえるか聞こえないような声で、すすり泣いているようでもある。

折原は時計を見た。午前二時。金曜日の夜。いや、もう土曜日だ。折原は令子につきあって、スコッチを今夜は少量の水で割って飲んでいる。

「嫌いだから、別れたんじゃないのよね〜」

ほかの客がみんな帰ってしまうと、令子は打ち明けるように、ひとりごとのように言った。

「結婚して十年たって、三十五になって、もっと好きな人ができるなんて思ってもいなかった」

思ってもいなかったことが、ある人たちの身に起こる。令子の場合は子供ができなかったせいではないかと折原は思っていた。子は鎹《かすがい》ということを素朴に信じるひとりである。

自分の場合はどうかと折原はふと考えてみる。人並に平穏無事の生活を願ったが、酒場の主人になるなど、若いころは思ってもみなかった。大学を出て就職したとき、父のように一生をまっとうな勤め人で終わるつもりでいた。

折原さん。呼ばれて、ハミングがやんでいることに気がついた。令子が笑みを浮べている。白のジャケットを着ているが、それも今夜が最後だろう。

今日も暑かったが、夕方近く永代橋をわたるとき、川風が涼しく感じられて、空を見上げた。入道雲の上の青空が初秋を知らせるかのように高く澄んでいた。

「まだいてもいいかしら」

「どうぞ」

気のすむまで、と言ってやりたかった。ひと晩中ここにいてもらうわけにはいかないが、彼女にとって、いっとき心をやすめることのできる仮の宿になればいい。

令子が黙ってグラスを差しだしたので、折原は新しいグラスにスコッチを注いだ。もう五杯目である。

「ね、自慢話をしましょうか」

まだ飲んでいられるのを安心したか、白い歯を見せた。笑顔の美しい女である。目が細くなったり口もとが歪《ゆが》んだりしないで、目も口もいっそう魅力を増すようだ。

「二十二のとき、一日に三人からプロポーズされたのよ」

折原はその話を信じた。いまだって一日に二人からプロポーズされたとしても不思議ではない。それが選りに選って、妻子ある男と離れられない仲になるとは、よくあることだが、不思議である。

「でも、昔話ね。いまは、会えばふたことめには、待ってくれ、時間をくれ、信じてくれとしか言わない人に、いいように振りまわされてる。騙されるのを承知で騙されてるみたい」

「相手の方の、お年齢は」

失礼とは思ったが、折原は訊いた。

「四十二歳」

折原は溜息をついた。こりゃ大変だと思ったのだ。令子はうまく離婚できたが、男のほうはそれが難しいだろう。

「待てますか」

折原は相手の心に踏みこむように訊いた。

「わからない。どうしてそんなことを訊くの」

令子の目がうるんでいた。酔いのせいか、哀しみのせいか、それはわからない。

「こういうことは待つしかないと私は思うんです。時間しかないんですよ、解決できるのは」

「頭ではわかってるけど、それは」

折原は令子の男に会ってみたかった。好奇心というやつである。不幸な夫だが、同時に幸福な恋人でもあるはずだ。折原にもそういう経験がないではない。

「奥さんとはもう男と女ではないんじゃないですか」

思い切って言ってみた。自分がそうだったから、令子の男も正直なのではないかとふと思ったのだ。

令子の白い顔がみるみる赤くなった。酔いがいっぺんに出てきたようだ。

「ええ。私になじられるたびに、そう言ってるわ。でも、信じられない」

「私は信じますよ」

「折原さんにも経験があるから」

「はい」

「男は男の味方をするんだから」

折原は苦笑した。会ったこともない男に味方はできない。ただ、このあやふやなものを信じるか信じないかではないのか。久しぶりに酔った頭のなかで令子の裸身を想像した。

カウンターの電話が鳴りだして、そのイメージはすぐに消えた。受話器をとると、公衆電話のブザーが鳴り、男の声が、笠原令子さん、来ていますかと丁寧にたずねた。折原は受話器を令子にわたした。

受話器を耳に押しあてて、目をつぶっていた令子がやがて言った。

「あなた」

そのひとことに、はかりしれないおもいがこもっていた。それを愛というのが折原にはためらわれる。これじゃ待って待って待つしかない。

「ええ、ええ、私も」

しばらくして、令子は言った。

「ええ、私もよ」

相手が何を言っているか、折原にはわかった。閉じた目からこぼれおちる涙がそれを彼に教えている。三十五歳の目尻の小皺が切なく思えた。

令子は受話器を元にもどすと、ティッシュペーパーで涙をふいた。折原は反省していた。他人のことに口を出して、とんだお節介だった。令子は恥かしそうに言った。

「おうちを抜けだして、電話をかけに出たんですって。アパートにかけたら、いないので、たぶんここじゃないかと、私が酔っぱらって。そんなことありませんよね」

可愛い女なのだと折原は思う。いくつになっても、たとえ三十五歳になっても、彼女は可愛い。そうして男といっしょに住むようになったとき、年齢相応の女にもどってくる。令子はまたハミングをはじめた。彼女も涙を流すほどに不幸であり、鼻歌が出るほどに幸福なのだ。

折原は自分のグラスにスコッチを注いだ。この三ヵ月、ずいぶん酒を控えてきた。しかし、今夜は躰の心配をしなくてもいいだろう。一日に三人からプロポーズされたという、いまは困っている天下の美女を見捨てるわけにはいかない。

折原は令子がハミングしている曲を思い出した。どんなに信じあった仲でも、それがこわれるときが来る、どんなに愛しあっていても、別れの時が来る、私たちの人生は階段を手さぐりで歩くようなもの。

ケ・サラ。

令子は自分がハミングしていることに気づいているだろうか。折原はウィスキーをすすった。それは甘く苦かった。一日に一杯は飲んできたスコッチだが、旨く感じられる。

「今夜は有難う、折原さん」

令子は小さな頭を下げて、椅子からおりた。

「今夜のこと忘れませんわ。いい気になって鼻歌を歌ったりしたことも」

いい曲ですね、と折原は言った。

令子が扉を開けて帰っていったあと、折原はもう一杯だけ飲んだ。それから少し片づけて、扉に鍵をかけ、階段をおりていくと、外は風がひんやりとしていた。

タクシーの空車が何台も走っていて、その一台に手をあげた。いい気持だった。令子の姿はどこにもなかった。

II

街の呟き

「バーテンじゃなく、バーテンダーと言ってもらいたいね」

カウンターに肘をついた藤田が言って、ブランデーをすすった。客の一人が、あの酒場のバーテンは、と言ったのを聞きとがめたのだ。

もちろん、老人の繰言《くりごと》のような藤田のぼやきは、その客の耳にはいらなかったし、グラスを白い布巾で丁寧に拭いていた折原も聴こえなかったふりをした。折原はなるべく客とは口をきかないようにしている。言葉をかけられたときしか、喋らない。

藤田のとなりで酔ったらしい麻里が、そうよ、そうよ、バーテンはバーテンダーなのよ、とひとりごとのように言った。それにも折原は知らん顔をした。バーテンは、いや、バーテンダーは空気のような存在であるほうがいいと思ってきた。ただし、客のグラスに酒があるかどうかに気をくばる。

麻里の声は、最近とみに耳が遠くなった藤田には聞こえなかったようだ。麻里も相槌《あいづち》は打ったが、親子ほども年齢がちがう藤田にはなんども同じ話を聞かされてきたので、相手になるのを避けている。

折原はグラスを戸棚にしまい、カウンターの奥に目をやった。そこにはバーテンダーをバーテンと言った客がいて、連れの若い女といまは小声で話しこんでいる。折原はすぐに視線をそらした。麻里と目が合った。

「召しあがらないの」

とろんとした目で彼女が訊いた。目鼻だちは整っているのだが、惜しいところで美人になりそこねたという顔で、だから愛嬌がある。関口という旧姓にもどったが、離婚の経験がある女には見えない。小学二年生の息子がいるようにも見えなかった。

「まだ早いでしょう」

折原が言うと、麻里は腕時計を見た。あら、止まってる、と言い、はずして龍頭《りゅうず》を巻き、いま何時と訊いた。折原は懐中時計をズボンのポケットから出した。

「九時五十八分ですかね」

「なんだ、まだそんな時間。でも、十時を過ぎると、時間があっというまにたってゆくのよね」

折原はにやにやした。関口麻里も一人前の酒飲みなのだ。酒場では十時までは時間のあゆみが遅々としているが、その時刻を過ぎると、なぜか時間の疾走がはじまる、と折原は思っている。

気がつくと、電車がなくなっている。しかし、実は、客はそれに気づきたくない。気がつかなかったふりをする。

「清水さん、来ないのかな」

麻里は母親の形見だという時計を腕に巻いて、言った。まだ仕事が終らないのだろうと折原は思った。

麻里はたいてい清水といっしょに折原の酒場へやってくる。二人は同じ出版社に勤務し、麻里は女性誌の、清水は隔週刊の雑誌の編集部員で、折原の歓迎する客だった。

店が混んでいるときに新しい客がはいってくると、二人はさりげなく立ちあがって出てゆく。折原にとっては有難いことだったが、ひそかに嫌っている、厭《いや》な客が来たときは、二人を手で制して引きとめた。

そういうとき、厭な奴というのはどこの世界にもいるものだ、と折原は思う。自分が住んでいる門前仲町の分譲アパートにもいるし、自分が働いている銀座にもいるし、花水木というこのちっぽけな酒場にも顔を出す。

しかし、五十を過ぎた去年あたりから、折原は選り好みしないようになった。正直なところ、藤田という、銀行を定年退職したこの年寄にしたって厭な客かもしれない。いま彼が飲んでいるブランデーは自分で買ってきた安いルーマニア産だ。持ち込みというやつである。はじめての客が折原に、トイレはどこなどと尋ねるのを聞きつければ、さっきのように藤田は言うのである。

「トイレじゃなく、トイレットでしょう」

藤田のいないところで彼の口真似をする客もいて、テレビじゃなく、テレビジョンでしょう、アパートじゃなく、アパートメントでしょうと言った。それだけ、藤田は花水木の名物でもある。

「清水さん、来るんですかね」

藤田がいま気がついたというように麻里に訊いた。グラスに自分でブランデーを注いだ。これが最後の一杯になるはずだ。

麻里は返事しなかった。カウンターに頬杖をついて眠そうにしている。少女にかえったような、彼女の意識しないそういうポーズが折原は好きだ。年齢は三十二か三なのに、稚く見えるのは、髪がおかっぱのせいだろう。

しかし、麻里がある限界を越えると、手におえない女になるのを折原は知っている。ある限界というのは酒量のことだが、麻里のそれは日によって異る。いくら飲んでも、しゃんとしている夜があるし、二、三杯の水割で他愛なく躰がぐらぐらする夜もあった。

そういうとき、下手に言葉をかけると危い。一軒つきあってくれないかとよその酒場へ誘った客は麻里に平手打ちをくった。

折原が店を閉めて帰るとき、数寄屋《すきや》橋の近くで麻里を見かけたことがある。午前三時ごろで、麻里は裏通りのそこだけ明るい、清涼飲料の自動販売機をハイヒールで蹴とばしながら、なによ、おたんこなす、ばか、自分を何様だと思ってるのと毒づいていた。

あれはたしか四、五年前の、彼女が離婚してまもないころである。離婚の原因は夫の浮気だったが、麻里は性格の不一致ですよとさばさばした顔で折原に語った。

関口はよく自動販売機に八つ当りしてますよと清水も言っていた。同僚はみんな知っているそうだ。

「おや、桔梗《ききょう》か。きれいだねえ。秋だねえ」

藤田がカウンターのすみの花瓶を見てから、折原に言った。花はおとといからあるので、折原は苦笑いした。

「桔梗じゃなく、竜胆《りんどう》と言ってもらいたいわ」

麻里がひとりごとのように言った。藤田は額に手をあてて笑った。

「そうそう、竜胆でした。紫色だから、桔梗だと思っちゃった。恥かしいね」

藤田はグラスのブランデーを一滴も残さずに飲むと、椅子からおりた。仕立のいい地味な茶のスーツ、白いシャツにきちんとネクタイを締めているが、折原には急に老けこんだように見えた。

その理由がわかるような気がした。おそらく長男のことで頭を痛めているのだろう。藤田も以前には息子が音楽大学を出たことやパリに留学したことなどをくどいほど話題にしたのに、青山の小さなホールで開かれた息子のリサイタルが終って以来、息子のことに触れようとしない。

じゃあ、と藤田は折原に手を上げて、扉のほうへ行きかけた。麻里はその後姿を見て、藤田さんと呼んだ。

「こんど、息子さんを花水木へ連れていらっしゃいよ」

振りかえった藤田は困ったように顔をしかめた。

「そういえば、お礼を申しあげていなかった、麻里さんにも、折原さんにも。わざわざ倅《せがれ》のリサイタルに来ていただいて、ほんとに有難うございました」

藤田は頭を下げ、背を向けて、古い木の扉を開けた。その姿が折原には小さく見えた。

「ねえ、藤田さん、坊ちゃんを連れていらっしゃいよ」

麻里はまた言ったが、藤田は返事もせずに出ていった。折原は閉った扉を見ながら、麻里の言ったことの意味がよくわかった。

麻里が自分を見ているのに気がついた。酔いがさめてきたらしく、目が輝きをとりもどしている。そういえば、さっきから飲物に口をつけてない。

「六十を過ぎて、子供のことで苦労するなんて、藤田さんも大変ね。私の父も私みたいな出戻りの娘もっちゃって大変だけど」

麻里の同情するような口調だった。先日の土曜日のリサイタルを思いうかべたのにちがいない。そのリサイタルに折原は麻里といっしょに出かけた。

藤田から招待状をもらった、というより押しつけられた麻里は、はじめは行きたくないと折原に言っていた。せめて週末の夜は七つになる息子と過《す》ごしたかったのだ。

折原も気がすすまなかったけれども、息子のリサイタルを店でうれしそうに吹聴する藤田を失望させたくなかった。晩婚で、おそく生れた長男だと聞いていた。退職金でヴァイオリンを買ってやり、パリに留学させたという。

ほかにも招待券をわたされた花水木の客が何人もいた。折原は、たぶん麻里と自分以外に誰も来ないだろうという気がした。麻里の同僚の清水は、あいにく大阪出張でと言って、招待券を受けとらなかった。結局、リサイタルに行くことに決めた麻里は清水の出張をしきりに羨《うらや》んだ。

土曜日の夕方、折原は日本橋丸善の地下一階の喫茶店で麻里と待ち合わせた。先に着いた折原がカウンターで珈琲《コーヒー》を飲みながら、翻訳推理小説の文庫を読んでいると、髙島屋の大きな紙袋を手にした麻里が小さな男の子を連れてやってきた。

初対面だったけれども、息子であるのがすぐにわかった。人なつこそうな顔だちが母親にそっくりなのである。紺の半ズボンに、ブルーとグリーンがまじるセーターを着せられた謙一という少年は折原に、こんにちはと挨拶した。

麻里は酒場では見せたことのない母親の顔になっていた。薄化粧の顔に気品があって、息子を見る目に優しさと厳しさが交互に現われるようだった。

折原は髙島屋の食堂で二人に鰻重を食べさせたあと、地下鉄で青山に行った。表参道でおりると、リサイタルのあるホールはすぐに見つかり、客席にいくつもテーブルが出ているのにまず驚いた。テーブルをかこんですでに百人近い人が椅子にすわって、開演を待っていた。

知った顔はなかった。折原と麻里と謙一はうしろのほうのテーブルの椅子に腰をかけた。テーブルが出ているのは、休憩時間に紅茶とケーキが出るからだ、と藤田は自慢そうに言っていた。

リサイタルなんて私、何年ぶりかしら、と麻里が言ったとき、ダーク・スーツを着た藤田が笑顔でやってきて、かたわらの化粧の濃い五十代の女を家内ですと紹介した。藤田は結婚したとき、きっと若い奥さんをもらったと言われたのにちがいない。

細君はおそらく十五は年下だろう。銀行に就職してまもないころからロサンゼルスやニューヨークに行かされたので、それで結婚がおくれたと藤田が花水木にちょくちょく来るようになって、折原に言ったのを思い出した。バーテンダーやアパートメントと省略しないで言うのも、藤田のアメリカ駐在が長かった結果かもしれない。

藤田夫妻はあっというまに折原の前から去っていった。つぎつぎにやってくる客に礼を言うのに忙しかったのだ。

藤田もべつの顔を見せていた。父親の顔であり夫の顔になっていた。リサイタルの行われるホール全体に藤田がとけこんでいる。そこには藤田と世界を同じくする人たちが集まっているように折原には思われた。

花水木で安物のブランデーを持ち込みで飲む藤田は仮の姿なのかもしれない。そして、今夜は定年後の彼の晴姿なのかもしれない。奇妙なことに麻里もこのホールに合っていた。

リサイタルは定刻よりかなりおくれてはじまった。客席が暗くなり、司会者の紹介で低いステージに登場した藤田のおとなしそうな長男は肥満児といっていいほどの小肥りだった。彼が手にしたヴァイオリンを見て、折原は藤田が言った金額を思いうかべた。

ピアノの伴奏は藤田の長男の高校時代からの友人だという。痩せて背が高く暗い客席に笑顔を向け、自信満々に見えた。

演奏がはじまってすぐに、このリサイタルが失敗だったのが素人の折原にもわかった。麻里も失敗だと思ったらしく、一曲目が終ると、折原の肘をつついて、頸《くび》を振った。

ヴァイオリンがピアノに圧倒されていた。元気なピアノの音だけが折原の耳にはいってきた。藤田の息子は無表情にヴァイオリンを奏《ひ》いていた。

第一部が終って、客席が再び明るくなったとき、麻里は、お気の毒にと呟いた。折原も同じおもいで、藤田の姿を探したが、どこにいるのかわからなかった。

紅茶とケーキがテーブルにくばられたが、折原と麻里は紅茶を飲むだけにした。謙一少年はおなかがいっぱいと言って、ケーキを食べなかった。

折原は最後まで聴くにしのびなくて、第二部がはじまる前にホールを出た。麻里と息子がいっしょについてきた。地下鉄の日本橋で別れ、折原は門前仲町に帰った。

それでも、月曜日に藤田は花水木にやってきた。ただ、いつもとちがい、相当に酔っていて、息子のリサイタルなどなかったかのようにふるまっていた。折原は黙っていたし、麻里はその夜は来なかった。そして、今夜になってようやく藤田は礼を言ったのだ。

「他人のことは言えないけど、藤田さんも気の毒ねえ」

麻里がしんみりと言った。

「きっと息子さんに期待してたんでしょうね。あの息子になんだか余生を賭けていたみたい。でも、だめねえ、ばかねえ、情けない」

まるで自分に言いきかせるような口調だった。折原は無言でいた。一杯飲みたくなっている。戸棚からグラスを出して、ウィスキーを注ぎ、それに水をたらし、一口飲んで、思わず溜息をついた。

「おいしいでしょう、折原さん」

麻里が笑っていた。折原はうなずいた。

奥の男が折原に向って手をあげた。折原はメモ用紙に金額を書いて、男にわたした。若い女のほうはすでに扉のほうへ向っている。折原は一万円札を出されて、千円札三枚と五百円玉一個を木皿にのせて、カウンターにおいた。領収書のいらない客である。花水木では領収書を要求する客はめったにいない。

今夜もまた麻里と二人きりになった。謙一君は元気ですかと折原は訊いた。

「元気よ。いまごろはおじいちゃんと寝てるわ。あのリサイタルがだめだったこと、謙一も知ってるみたい」

折原はウィスキーを飲んだ。八年もののスコッチである。こおろぎだろうか、虫のなき声がかすかに聞こえる。

「ねえ、折原さん、自分が失敗するのならいいけど、自分の子供が失敗するのを見るのって切ないでしょうね。まして自分が年齢をとって、もうあとがなくて、これで一人前になるという息子がそのかんじんなときに失敗するのって」

「親ならその身代わりになりたいって思うんじゃないですかね」

折原は麻里に言った。

「そうね。でも、藤田さんの息子さん、過保護よねえ」

「だから、ここへ連れていらっしゃい、と」

「そう。花水木で清水さんや私がきたえてやるの。あれじゃ、ひよわすぎて生きてゆけないわ、そう思わない」

「ええ」

うなずきながら、折原は七十五歳になる自分の父親のことを思った。十五年前、折原がサラリーマンをやめて、花水木を引き継いだとき、父は怒った。おまえをバーテンなんかにするために、大学まで行かせたんじゃない。女房には逃げられる、会社では仕事で失敗する、ろくな息子じゃない。

父の声がいまも折原の耳に残っている。なるほど、父が言ったとおりであるけれど、すべて成りゆきだったのだと折原は思う。

「清水さん、来ないなあ」

そう言って、麻里は腕時計を見た。

「なんだ、まだ十時半だ。今夜はなかなか時間がたたないぞ」

折原は彼女の水割にバーボンと氷を足してやった。サービスのつもりである。

「藤田さんのことを考えると、憂鬱になってくるの。だから、今夜はおとなりにすわってても、話をしなかった。あなたがしっかりしてないから、息子さんがだめなのよ、奥さんばっかり元気じゃあ、しようがないじゃないって言いそうになったから」

一番の痛手をこうむったのは父親だろうと折原は思った。何もかも手のうちを見せてしまって、あんなことになったのだから。

重い扉が開いて、清水がはいってきた。左手に白いハンカチーフを巻いている。その一部が赤く染まっていた。

どうしたの、と麻里は叫んで、椅子からおりた。しかし、清水の顔は笑っていた。

「久しぶりに喧嘩しましたよ」

折原は消毒用のアルコールの瓶とガーゼを引出しから出して、カウンターにおいた。万一のために用意しておいたのだが、使うのは今夜がはじめてである。

清水がカウンターにすわると、麻里がハンカチーフを巻いた彼の手をとった。そっとハンカチーフをはずして、傷を調べた。

「こんなとこ、女房に見られたら、さっそく離婚ですよ、折原さん」

清水が言うと、麻里はピシリと彼の手を叩いた。

「大した傷じゃない。一体どうしたの」

折原はバーボンの水割をつくって、清水の前においた。清水は一口飲んで、説明をはじめた。

「数寄屋橋の地下鉄のところで、藤田のじいさんが若い男三人に殴られてたんだ。原因は、じいさんが三人に、しっかりせんかとか情けない奴らだとかからんだらしいんですよ。僕は腕に多少の自信はありましたからね、三人のうちの二人をぶんなぐってやった」

「で、藤田さんは?」

「怪我はしてない。ちゃんと池袋行の電車に乗せて帰しましたよ。それで、ここへ来るのがおそくなっちゃった」

麻里と折原は顔を見合わせた。麻里の目がうるんでいるように折原には見えたが、あるいはそれは自分の目かもしれなかった。

遺影

店の掃除がひととおりすむと、折原は小さな額のガラスを布巾で拭いて、洋酒が並ぶ棚のすみにおいた。年に一日だけ、悦子の写真を飾る。その日が悦子の命日だった。

花水木を引き継いだ翌年から、自分が撮った悦子の写真を飾りはじめた。四十二歳の誕生日を迎えたばかりの悦子が折原ひとりに看《み》とられて死んでいった日から十五年になる。

私の店を引き継いでくれと悦子に言われたわけではない。ごく自然な形でそうなったのだが、医者にもう手遅れであと三ヵ月と言われたとき、折原は花水木を守っていこうという覚悟に似たものができた。それが悦子の無言の遺志であるような気がした。

写真の悦子は笑みを浮べている。その笑顔に屈託がない。彼女が味わっていた最後の幸福をとらえたスナップだからではないかと折原は思う。

この写真を撮ったとき、彼女は三十八歳だった。写真の悦子はもっと若く見える。それは濃い眉《まゆ》と、大きな目のせいかもしれない。口紅を引いてもなぜかすぐにとれてしまう、形のいい受け口も悦子を若く見せていた。潑溂《はつらつ》としている。

生きていたら、悦子は五十七歳だ。肺癌が全身に転移して、悦子が死んだあと、花水木の客の一人は、気が強くて、男みたいな女だったから、男の厄年に死んじまいやがって、と折原の前で涙をこぼした。

悦子が元気だったら、折原はマスターと呼ばれることもなかったろう。彼女の病気と死が折原の岐路になって、花水木という酒場の主人におさまってしまった。悦子が入院する一週間前から、花水木で客の飲物をつくっている。

悦子とは不思議な縁だったといまでも折原は思う。悦子を「女」とみたことはなかったし、彼女のほうも折原を「男」とはみなかったようである。そのくせ、いつからか彼をパパと呼んでいた。

扉が開いて、きれいに化粧した澄子が、今日はご免なさいと言った。派手なピンクのスーツを着ていて、それがよく似合う。

「よんどころない事情ができちゃって」

澄子は言って、カウンターの前に立った。

「折原さんは行ったんでしょ？」

「行って、さっき帰ってきたところ」

「じゃあ、八王子からまっすぐお店に？」

折原はうなずいた。澄子について悦子が、あの子にはとてもかなわないと嘆いたのを思い出している。悦子が勤めていた店のママに可愛がられたのに、澄子がさっさと青年実業家と十九で結婚してしまったころだ。悦子も酒場勤めに馴れない澄子の面倒をよくみた。

「ほんとに悪かったわ」

澄子は素直に謝った。

「去年までは私にしては感心にお線香をあげに行ってたのに。税務署が来ちゃったのよ」

「儲かってると睨まれたんだ」

「そうじゃないのよ」

七丁目のビルの五階にある澄子の店は花水木とちがって、堅実な社用の客がついている。三十八になっても衰えない美貌ばかりでなく、気風《きっぷ》のよさが澄子の店を支えてきた。

折原はポットの珈琲を熱くして、カップに注ぐと、澄子の前においた。彼女はありがとう、と言い、椅子に腰かけた。

「そうじろじろ見ないで」

澄子は手で顔を隠すそぶりを見せて、笑いながら言った。

「つい見とれちゃった」

「そんなこと言ってくださるの、折原さんだけよ」

「麻里さんと清水さんも、思わず見とれたって、おといだったかな、言ってましたよ。お店に行ったでしょう？」

「来た、来た、折原さんの紹介だって。テーブルが空いてたんだけど、カウンターでいいって」

「二人とも変ってるけど、飲み方を知ってるでしょう」

「ええ、でも、帰るとき、清水さんていう人、今夜はこれでって一万円札一枚、私の手に握らせて。はじめてよ、ああいうお客。自分で自分のお勘定、決めちゃうんだから」

いかにも清水のやりそうなことだ、と折原は思った。澄子の店はカウンターで二、三杯飲んで、一人一万二、三千円といったところだろうか。そのかわり、折原の店とちがって、煙草をくわえれば、すぐに火をつけてくれる女たちがいる。

澄子が悦子の話にもどった。

「土曜日か日曜日に、悦子さんのお墓参りに、私、行ってくるわ」

「今日行きましたらね、彼女のお墓にお線香と花をあげてった人がいた。誰なのかな。お線香の煙を見て、ちょっと胸が熱くなった」

「十五年もたったのにねえ」

澄子はハンカチをハンドバッグからとりだして、目もとを拭いた。それから、腕時計を見て、おおげさに目をむいた。

「もう六時だわ。こうしちゃいられない。今日はほんとにすみませんでした」

澄子は椅子からおりて、残った珈琲を飲んだ。涙もろさと現金なところが彼女のなかに同居している。それを使いわけるのは、うまいというより天性のものだ。

扉の前で澄子が振りかえった。悦子に似てほっそりしている。いくら食べてもふとらないと本人は悦子と同じことを言っている。

「ねえ、折原さん、悦子さんとはほんとになんでもなかったの」

去年もおととしも、同じことをこの姿のいい女にきかれた。折原は苦笑いをもらすしかなかった。

「残念ながら何もなかった」

去年と同じことを言ったが、たぶん澄子は信じないだろう。信じてもらえないのが当然なほど、悦子とは親しくつきあった。

「そうかなあ、でも、悦子さん、折原さんに惚れてたんじゃないの」

「彼女の好みじゃないですよ、私は。エッちゃんは美男子が好きだったからね」

「折原さんは別よ。あら、ご免なさい。こんど、じっくりとお話をうかがうわ」

澄子は扉を開けて出ていった。階段をおりてゆく軽快な足音が聞こえてきた。

折原はまた写真に目を移した。写真の悦子は澄子とおなじ年齢である。三十八歳というのは女ざかりらしい。

珈琲のポットをガスレンジにかけ、澄子が飲んだカップを洗った。珈琲が沸くと、カップに注いで飲み、それからトースターにパンを二枚入れ、コーンビーフと玉ねぎをフライパンで炒めた。

トースターは買いかえたが、フライパンは悦子が花水木をはじめたときに買ったものだ。テーブルと椅子も悦子が横浜の古道具屋から見つけてきた昔のアメリカ製である。

折原は店の内部をなるべく変えないようにしてきた。変ったところといえば、悦子のころにはあまり知られていなかったモルト・ウィスキーの瓶がふえたことだろう。彼女が健在なら、そうしたはずだ。

折原はトーストにバターを塗り、炒めた玉ねぎとコーンビーフをのせ、ウースターソースをたらして食べた。悦子が花水木をはじめたころ、折原は六時ごろに行くと、これをよく一人で食べていた。

こんなものが好きなのよ、と言ったのが耳にのこっている。悦子にすすめられ、折原も一枚食べてみて、旨いと思った。そのとき、珈琲ではなくビールを飲んだ。

二枚目を食べおわると、ナンシー・ウィルソンの新しいテープをきいた。八王子郊外の霊園で墓参をすませたあと、駅前の店で見つけた『恋の景色』である。

「十月が去る時」という曲にはしんみりした。ナンシー・ウィルソンもせつせつと歌っている。折原はテープについていた英文の歌詞を目で追った。高校生のころはこれでも英語が好きだったのである。

テープを聴きながら、悦子が一度だけ歌ったことがあるのを思い出していた。店を閉めたあと、折原と二人で赤坂見附近くのスナックに行き、ギターの伴奏で歌ったのだ。顔に似合わぬ野太い声だった。

悦子のなかを通りすぎていった男が、折原が知っているだけでも、五人いる。結婚を望んだこともあったが、一度も結婚できなかった。四十歳でようやく自分の店を持ち、その二年後の十月に死んだ。

階段をあがる足音がした。その重い足音から、となりの酒場の客だということがわかる。自前で飲めるからか、花水木は三十代前半の客が多い。東欧産の安いブランデーを持ちこんで飲んでいる藤田老人などは例外に属する。若い人を歓迎するのは、悦子の方針だった。折原はその方針を忠実に守っている。

二階へあがってくるコツコツという足音が聞こえてきた。ハイヒールの音で、それも二人だ。折原は悦子の遺影に目を走らせてから、扉の在るほうをじっと見た。扉が開いて、若い女が二人はいってきた。なじみの客である。

澄子をはさんで、清水と麻里がカウンターで飲んでいた。三人ともバーボンのソーダ割で、清水の視線はともすれば澄子の横顔に釘づけになる。

九時を過ぎたころから、天気予報どおり雨になり、澄子はふだんより早く店を閉めて、花水木に店の若い女を一人誘ってやってきた。若い女のほうは電車があるうちに帰っていった。雨が窓を叩いている。

「悦子さんを偲んで」

清水はグラスをかかげた。これで三度目であるが、澄子も麻里も、ジーンズにとっくりのセーターという清水にならった。麻里もジーンズにセーターだが、清水とはセーターの色がちがう。彼は黒、彼女はダーク・グリーンである。

二人とも今日はインタビューで人に会うこともなく、編集部にこもっていたらしい。折原はこの二人の雑誌編集者を歓迎してきた。悦子も気に入るような客だとみている。

「ママのお話をきいていると、悦子さんて薄幸の女性だったように思われますね」

清水が澄子に言うと、麻里はうなずいた。折原はひそかに苦笑した。薄幸の女性とは、悦子がきいたら、やはり苦笑するだろう。

写真の悦子は薄幸などから縁遠い顔をしている。しかし、結婚しなかったことと、身寄りもなく独りさびしく死んでいったことを考えれば、清水の言うとおりかもしれない。

「あら、そうかしら」

澄子は棚の写真をちらりと見て言った。本人は意識していないだろうが、折原にはそれが流し目のように思われる。ぞくっとするほど妖《あや》しく、一瞬、彼女の目が輝やいた。

「男性にはすごくもてたのよ。折原さんに聞いてごらんなさい」

「黙ってないで、お話ししてよ、折原さん。お客は私たちしかいないんだから」

麻里がおかっぱ頭を突きだすようにしてせがんだ。三十過ぎなのに、こういうところはまるで小娘だ。

「もう時効でしょ、折原さん。話しちゃいなさいよ。僕は悦子と愛し合ってたって」

澄子が媚《こび》を含んだ目でけしかけた。

「やっぱりそうだったんですか。折原さんもすみにおけないなあ」

清水は言って笑った。麻里がまた顔を近づけてきた。

「おや、折原さん、泰然自若としてますね」

悦子と何かあったのなら、折原もいくら年齢をくっているとはいえ、このように平然としてはいられないだろう。何もなかったから、彼女と二十年近くも身内のようにつきあうことができた。

「麻里さんと清水さんはたいへん仲がいい。そうですね」

折原が言うと、二人はうなずいた。麻里は離婚していて、清水には妻がいる。

「彼女とは、悦子のことですが、私はそういう関係だった。といって、兄妹みたいな関係でもなかったな」

しかし、澄子が夕方の話をむしかえした。

「悦子さんは折原さんに惚れてたのよ。折原さんのことを私に話すとき、悦子さん、とてもうれしそうだった」

折原は自分のグラスにスコッチを注いで、それに少量の水をたらした。今夜はじめての酒である。さっきまでは薄くした珈琲を飲んでいた。健康を考えてのことではなく、酒を一滴も飲めなかった女の命日だから、せめてその夜だけはしらふでいたい。

「でも、夏なんか伊豆あたりへいっしょに旅行してたじゃない」

澄子がまた、左右にいる二人の編集者の知らない事実を暴露した。顔には出ていないが、酔っているのだろう。折原の店だから、気を許している。

「ますます怪しい」

澄子よりも酔っている清水がよろこんだ。

「悦子さん、伊豆の温泉に折原さんと二人きりで行ってきたように話してましたよ」

澄子が言ったけれど、折原は首を振った。澄子だって事情は知っているはずだ。おそらく清水と麻里に知ってもらいたくて伊豆の旅をもちだしたのだろう。

「あれは、私はダミーだったんですよ」

折原はグラスを手にして説明した。いまさら説明するまでもないことだが、清水と麻里になら話してもいいと思ったのだ。

「そのころ、私には女房がいて、エッちゃんの恋人と四人で出かけた。恋人のマークⅡでね。運転のうまい、苦味走った四十代の男でしたよ」

二十数年前のことだ。奇妙な三泊の旅行だった。伊豆の堂ヶ島の温泉宿では部屋はべつべつだったが、悦子は折原と妻の部屋で過すことが多かったのだ。

折原が気をきかせて、悦子の部屋を訪ねると、車の運転が抜群にうまい、苦味走った恋人はしょんぼりとテレビを見ていた。彼が将棋がさせるとわかって、折原は相手になってやった。

悦子の恋人は強く、五局さして、一勝できるのがやっとだった。その一勝も明らかに彼が負けてくれたのにちがいない。

「花水木を引き継いだのはどんな事情から」

麻里がきいた。そこのところはいままで話に出てこなかったのだ。当時、澄子は結婚していて、悦子が入院したのも知らなかった。

「悦子には身寄りがいなかったんです」

折原は麻里の編集者らしい質問に答える気になっていた。年に一度の特別の夜だ。悦子のような女がいたのを麻里に理解してもらいたい。折原の別れた妻はそれがわからなかった。

「母親はとうに亡くなっていて。父親がいたんだけれども、老人ホームにはいっていて、すっかり耄《ぼ》けてしまっていた。それに、恋人もいなかった」

「どうして」

麻里が不思議そうにたずねてから、写真を見た。

「どうしてって、別れたんですよ」

それが、折原が悦子の写真を撮ってから二年後のことである。男は妻子のもとに帰ったのだ。悦子は妻子ある、かなり年上の男とばかりつきあってきた。

「ファーザー・コンプレックスかしら」

麻里がうがったことを言う。折原にはわからなかった。高校を卒業してから新宿の酒場に勤め、二十一歳のときに銀座に移った悦子は実の父親とはちがう、強い豊かな父親を、寄ってくる男に求めたのかもしれない。

「新宿の、いまはもちろんないけれども、蘭という酒場に悦子が勤めた最初の夜に、私は大学の先輩に連れられて行ってるんですよ」

折原が言うと、澄子は、まあ、と驚いた顔をした。

「初耳よ、私。そうだったの。じゃあ、折原さんが二十一歳のときね」

「そうだね。私が銀座で飲むようになったのも、彼女がいたからですよ。彼女がいなかったら、銀座なんて知らなかったかもしれない。そのほうが無事だったでしょうが」

清水と麻里が笑った。澄子は折原の顔をじっと見た。こんなに喋る折原にはじめて接したからだろうか。

「彼女は私には気を許していましたね。私生活のことはわりに話した。そのかわり、お店やお店の客については口が固かったな」

折原もそういうことはたずねたりしなかった。むしろ悦子の私事に興味があったのだ。

「いわば職業上の秘密を守る悦子に対して、私は無意識のうちに敬意のようなものを抱いていたんですね。それは、悦子が死んでから、私にもわかった。悦子のほうも私のその敬意をたぶん無意識のうちに感じとっていたんでしょうね」

「信頼関係」

麻里が小さく叫んだ。折原はうれしくなって、強くうなずいた。そして、つい笑ってしまった。

「彼女によく言われましたよ。あなたはほんとにスケベだけど、私に対してだけはそうじゃないって」

澄子が俯いている。折原はもっと話したい衝動に駆られていた。

「彼女が変な咳をしはじめたとき、医者に診てもらえってすすめたんですよ。それで、医者嫌いの悦子と喧嘩になって、ここへ私は来なくなった。そして、彼女から電話がかかってきたのが、入院の十日前でした。ほかに知らせる人がいなかった」

「天涯孤独か」

清水が憮然として呟いた。澄子はまだ俯いている。

「で、彼女の死水を取ることになった」

「泣けてくるわ」

麻里は言ったけれど、泣いてはいなかった。氷がとけて薄くなったバーボンのソーダ割をぐっと飲んだ。

「そういう関係って、なんていうのかしら」

「腐れ縁でしょうか」

折原が答えると、澄子が顔を上げ、涙を浮べて睨んだ。

「そうじゃないわよ。哀しいわ。そういうの、純愛っていうのよ。あら、恥かしい」

澄子は泣きながら笑っていた。麻里と清水は折原と澄子を見くらべている。折原は腕時計を見た。二時になろうとしていた。雨がまだ窓を叩いている。

グラスの持ち方

カウンターの二組の客がほぼ同時に去って、客は清水一人になった。雑誌が校了になって、解放感と虚脱感とがないまぜになった、編集者の表情を浮べている。

会心の笑みとも苦笑いともつかぬ、脂の浮いた清水の顔を折原は月に二度は見る。仕事に歓びと空しさを見出していて、だから酒を飲む顔だった。

折原の視線を感じたか、清水が思いついたように言った。

「このソーダ割のグラス、タンブラーですよね、これの持ち方ってあるんですか。その、マナーみたいなやつ」

同じ質問を折原もしたことがある。相手はカクテルの名人だという、横浜の酒場の老バーテンダーだった。答えるかわりに、そのバーテンダーは無言でタンブラーを持ってみせた。

折原は三十年前の夜を思い出して、親指と中指と薬指でタンブラーの下半分あたりを手に持った。人差指と小指が浮いている。

「こう持つんだっておそわったのは、三十年前ですかね」

そう言ったとき、折原はその酒場でとなりにすわっていた中年の女を思い出していた。鼻筋の通った横顔がすごく綺麗で、銀髪の、老紳士といっていいような品のいい男といっしょだった。

「こうですか」

清水は言って、自分のグラスを手に持った。

「いや、もう少し下のほうがいいですね。そう、そのあたり」

「人差指と小指は使わないんですか」

「タンブラーがすべったときに、人差指と小指で支えるんです。小指を、こう、底にあてる。そうすると安定するでしょう」

「こうか、なるほど」

清水はそうやってソーダ割を飲んだ。

「タンブラーというのは指の脂がついてすべりやすいんです。とくにビュッフェ・スタイルのパーティのときなんか、こう持つと安心ですね」

「ずっと気になってたんですよ。折原さんにきけば、わかると思ってたんですが、ここへ来ると、つい忘れちゃって」

「ま、どうでもいいことですからね」

「いやいや。でも、女の人がこういう持ち方をしたら、指が優雅に見えるんじゃないかな。もっとも、関口麻里じゃ無理でしょうが」

「麻里さんはご存じですよ」

「へえ。麻里がねえ。人は見かけによらない。彼女、どんな手をしてたかなあ」

折原は清水と麻里の関係がわかるような気がした。たんなる仕事仲間であり飲み友だちなのだ。

折原は自分が飲むホットウィスキーをつくった。古い暖房が低く唸っている。いまごろになると、タンブラーに熱い湯を注ぎ、そこへウィスキーをたらして、ゆっくり飲む。それが胃のなかに熱く沁みわたるとき、躰にいいような気がする。

「花水木に客がたった一人だなんて珍しいこともあるんだね」

清水は言って、皮をむかないでピーナツをかじった。この秋にとれたものだから、皮はやわらかく苦くない。

「銀座が不景気だと聞いたけど、これじゃほんとなのかな」

「うちは関係ありませんよ」

いまは清水一人なのにすぎない。そして、客が一人ということは一夜のうちになんどかあることだ。清水がいるときは、客がたまたまいる。満員のときにかぎって、清水や麻里が顔を出すということもあった。

清水の酒がなくなり、折原はバーボンのソーダ割をつくった。四杯目である。

扉が開いて、黒いアタッシュケースを持った白井がはいってきた。顔が真赤で、眼鏡の奥の目が笑っている。白井はアタッシュケースをテーブルにおくと、清水のとなりにすわった。折原はスコッチの水割をつくった。白井はそれを一口飲んで、折原さん、と親しげに呼んだ。

清水が早くも笑いをこらえている。これから何がはじまるかを知っているのだ。白井が折原の名をよぶのは、かなり酔ったときであり、酔ったいきおいで妻とのことを告白するときにかぎられる。

折原さん、とまた呼ばれて、折原は白井のほうを見た。何を言いだすかはわかっているが、素知らぬ顔をした。

「女ってのは」

白井がもったいぶってはじめると、清水はにやにやしはじめた。これからはじまる、美人の妻をもった四十男の独演会を待ちかねるような表情である。

折原はもともと、女ってのはとか男なんてとかいった十把《じっぱ》ひとからげの言い方は嫌いで、女も男も一人ひとりちがうと思うのだが、白井が言うのは認めている。彼の言う女はつねに妻であるからだ。

「女ってのは、結婚して十年もたつと、ただ意地が悪いだけじゃなく、底意地が悪くなる。変ればば変るものだ、いやになっちゃう」

「何かあったんですか」

清水は先を促した。花水木の常連は酔ったときの白井の話を楽しみにしているところがある。白井自身も楽しげに閨房《けいぼう》のことまで打ち明ける。そういう話を折原は歓迎しないのだが、白井の場合はやむをえないと諦めてきた。

花水木にも変った客が来る。酔っぱらってカウンターの上を土足で歩くほどの変った客はいないが、ルーマニア産の安い、それも一ツ星のブランデーをここに持ちこんで飲んでいる藤田老人だって変った客だろう。花水木に来たときは、ごく普通の人であっても、飲むうちに変ってゆく客もいる。

それが、真実が現われてくる時だと折原は思う。葡萄酒のなかに真実ありというラテン語のことわざが好きだ。要するに、酒を飲めば本性が現われるということだが、折原も、いっしょに酒を飲んでみなければ、相手の正体はわからないと信じている。ただ、自分の本性はいまだに好きになれない。

「でも、こんなこと話してもいいのかな」

白井はためらうふりをしたが、いつも一度はこうして相手の反応をうかがう。思わせぶりではなく、冷静に考えているつもりなのである。清水も折原も黙っていた。折原はこの前に聞いた白井の告白を思い出している。

それは白井の妻の母親のことだった。敬虔《けいけん》なクリスチャンである母親は、娘夫婦が諍《いさか》いしているのを見て、あなたたちはセックスでしか結ばれていないから、喧嘩ばかりしているのですと言ったそうなのである。白井夫婦は居間で白昼にはだかで抱きあっているところを母親に目撃されたらしい。

折原はこの話を苦笑しながら聞いた。白井の妻、泰子の美貌を思いうかべた。白井がなんどか彼女を花水木へ連れてきている。

「私はもともと嫌いなのと言いだしたんですからね」

いよいよ告白がはじまった。完全にできあがっていて、自分がいま何を喋っているのか、当人は意識していないし、誰にも言えない、しらふであれば口にしない、胸にくすぶっていることを吐きだしてしまいたいのだろう。酔うと、白井は自分自身のことについては口が軽くなる酒飲みだった。

「昔はあんなに好きだったくせに。最近は、いやだって断るんですからねぇ」

清水も折原も黙っている。誰が何を断るのか折原にはすぐに想像がつく。清水にしてもわかっているだろう。

「夫婦のあいだからセックスがなくなったら、夫婦じゃないでしょう」

白井は言って、ひとりでうなずいた。

「でも、年齢をとったら、セックスなんていらなくなるんじゃないですか」

清水が笑いながら言った。

「いや、老夫婦の話をしてるんじゃないんです。男は四十一歳、女は三十五歳の夫婦です。男ざかり女ざかりのときなんですよ」

「でも、結婚して十年もたてば、どっちも淡白になりませんか」

「そりゃあなりますよ。しかし、月に三、四回あってしかるべきでしょう」

「僕なんかもっと淡白だな」

「清水さん、おいくつでしたっけ」

「三十五です」

「じゃあ、週一ですよ、週一、奥さんとは」

「個人差があるでしょう」

「ないない、そんなの。男というものは女が好きなんです。清水さん、よくそれで鼻血が出ませんね」

「まいったな」

清水はうつむいて頭をかいた。折原の見るところ、白井のほうが若い清水より精力的である。浅黒い顔に脂がういて、てかてか光っている。白井泰子が拒絶するというのもわかるような気がした。

顔を上げて清水が言った。

「僕だったら、女房に断られたら、浮気する口実ができたと思いますがね」

「浮気はいけませんや」

清水がげらげら笑い、折原も口に入れたホットウィスキーを吐きだしそうになった。しかし、白井はにこりともしない。

「そういう僕に向って、妻は言うのですからね、セックスはもともと嫌いだって。だから、彼女をひと月も抱いてない」

「鼻血が出ませんか」

清水がからかうようにたずねた。

「それは出ませんがね。いまいましいし、かなしい。それで昔をよく思い出すんですよ。妻の、どこにさわれば、どう反応したかなんて。たとえば、乳房を愛撫すれば、妻の唇がどんなふうになるかなんて」

「白井さん、ポルノを書いてみませんか」

編集者らしい清水の挑発だった。だが、白井は乗ってこなかった。

「ポルノなんて、冗談じゃない。ポルノを書いたり読んだりなんかするより、セックスをするほうがはるかに楽しいですよ、そうでしょう、折原さん」

「それは――」

折原は言いよどんだ。バーテンダーはこういう場合、口を出さないほうがいい。あくまでも聴き役に徹すべきだと折原は思っているし、なるべくそれを実行してきた。

「これは真理ですよ」

白井は言って、またカウンターをポンとたたいた。

「白井さんは奥さんに惚れているんだ」

清水は折原が白井についていつも思ってきたことを口にした。

「僕も一、二度お目にかかったことがあるけど、おきれいですね。化粧なんかしなくても、あんなに美人なんだから」

白井はうれしそうに聞いた。眉がさがり、口を開けている。折原がつくったスコッチの水割はほとんど手つかずだ。すでに相当に飲んでいるらしい。妻に断られて、それで飲んだのか。

折原は時計を見た。十一時を過ぎている。白井はまもなく帰っていくだろう。電車がなくなるまで飲む客ではない。帰る前に、かならずおしぼりで顔を拭く。そうすると、湯あがりのような顔になる。

「断られても、奥さんなんだから、強引にやってもいいんじゃないですか」

清水が言うと、白井は清水のほうにゆっくりと顔を向けた。

「妻をレイプしろというんですか」

「レイプになりますかね」

「それは僕だってやりましたよ。でも、後味の悪いものだった。殴る蹴るのさわぎになりましてね、そりゃもう大変でした。女って変るんですね」

最後はしんみりした口調になった。それから、折原に言った。

「おしぼりをください」

折原が熱いおしぼりを出してやると、白井は無造作に顔を拭いて、椅子からおりた。正気がもどってきたように見えたが、そうではなかった。話したりないのか、ネクタイに手をやりながら、折原を見つめて言った。

「今夜はやりますよ。金曜日の夜ですからね。秘策があるんです。その秘策というのは、そこまで言っちゃっていいですかね、でも、折原さんは口が固いから、言っちゃおう。お金ですよ、お金、一万円札」

「奥さん、もうおやすみじゃないんですか」

清水がおもしろがって訊いた。

「金曜日の夜はテレビの映画を見てて、三時ぐらいまで起きてるんです。彼女も明日は勤めがないですからね。キャリア・ウーマンだから、金曜日は夜ふかしして、土日は休養をとる」

白井はテーブルからアタッシュケースを手にとると、扉を開けて出ていった。足もとはしっかりしていた。

「白井さん、奥さんにまだ惚れてんだなあ」

清水は羨《うらやま》しそうに言って笑った。折原も同感であるが、私事を他人に語る必要はないと思った。あれは白井のただ一つの悪い癖だ。しかし、それは一生なおらないだろう。

「白井さんは僕より古いお客ですよね」

清水が空になったグラスを折原のほうに押しやりながら訊いた。

「清水さんは七、八年だから、白井さんのほうが古いでしょうね。一年ぐらい早いかな。ここへ来はじめのころは、奥さんといっしょだった」

「そのころから、セックスの告白をしてたんですか」

折原は苦笑いをもらした。

「ええ、まあ。癖というのはなおらないものですね」

「やっぱりそうか」

白井は今夜喋ったことがらを明日の朝に思いだすだろうか。だぶん忘れているにちがいない。記憶がなくなっているのではないかと折原は思う。幸福なことだ。折原はどんなに泥酔しても記憶が残っているほうなので、酔って忘れるということはありえないと信じていたが、記憶をまったく失ってしまう人が何人もいるのを知った。これも酒場のバーテンダーをしているおかげである。

「結婚して十一年たっても、奥さんに惚れてるなんて、幸福な人ですね」

「おっしゃるとおりですよ」

「奥さんは妻だけじゃないんですね。恋人であり、姉であり妹であり、母であり、妾《めかけ》であり
……つまりすべての女、女そのもの」

「そうですね」

「でも、そんな女なんているのかなあ。そんな奥さん、いますか」

「白井さんがそうなんじゃないですか」

「すると、白井さんはおめでたい人でもあるんだ」

しかし、勤めている広告代理店では白井は仕事ができるという評判だと折原は聞いている。四十で部長になり、いずれ取締役になるのではないかといわれている。

四十一にもなって、女房にはねつけられたことを酒場で平気で喋ることと、社内では切れ者という評判だということとは結びつかないように思われるが、そのどちらも白井雄一郎なのだ。

「でも、ままならないもんですね、夫婦というのは」

「なにごともままならないものです」

そう言って、折原は恥かしくなり、あわてて酒を飲んだ。しかし、あたりさわりのないことを言っていれば、バーテンダーはつとまると思う。気のきいたことを言っても仕方がない。

花水木を引き継いだとき、カウンターをへだてて世の中を眺めることになった。黙って見ているということの役割は、折原は自分に合っているような気がする。舞台から永久におりてしまった役者に似ているかもしれない。ただし三文役者だが。

折原はバーボンのソーダ割をつくって、清水の前においた。清水はカウンターに肘をつき、顎に手をあてがって居眠りしている。おそらくあまり寝ていないのだろう。ゆうべは徹夜だったのかもしれない。

金曜日の夜でも、今夜はもう客が来ないのではないかと折原は思った。酒場稼業もままならない。客をひたすら待つのも仕事のうちである。

清水の顔が手からがくりと落ちて、居眠りからさめた。折原と目が合った。
「どっかへ飲みに行きませんか」折原さんはそういうことってないんですか」

「ありませんねえ。なにしろ一人でしょう。店を閉めてから飲みに出かけようと思っても、躰にガタが来てますからね」

折原はこの商売を細く長くつづけてゆきたいと願っている。それで食ってゆければいい。
「電車のあるうちに帰ろうかな」

清水は呟いたが、折原は何も言わなかった。帰るか帰らないかは客が決めるべきことだ。バーテンダーが口出しすべきではない。清水が帰ったら、読みかけのミステリーを読みはじめるつもりでいた。
「こうでしたね」

清水は言って、グラスを親指、中指、薬指で持ってみせた。この持ち方に少しは慣れたようだ。
「そうですよ」

折原は横浜の酒場にいた中年の女の横顔を思いうかべた。そういうことなら清水に話してもいいだろう。

折原はその女の顔がじつに美しかったことを清水にぽつりぽつりと語った。

「あんまり綺麗なんで、ぼうっとけむっているように見えたんですよ。三十年も昔のことですがね」

しかし、その女と寝てみたかったとは清水には言えなかった。彼女に会いたくて、横浜の酒場になんどか行ってみたが、会うことはなかった。このことを話すと、清水は言った。

「その店のバーテンダーに訊いてみなかったんですか」

「その酒場で飲むのは今夜でやめようと思ったときに、バーテンダーの老人に訊きましたよ。そうしたら、おぼえてないんですね」

「わけありで、とぼけたんじゃないですか」

「そうではなかったですね。バーテンダーはとびぬけた美人だと思わなかったんじゃないのかな」

「悔いが残りますね」

折原はうなずいた。そういう悔いなら、数えきれないほどある。

「だから、白井さんが羨しい」

「僕もですよ、羨しいのは」

清水と折原は同時に笑った。

忍び逢い

二時を過ぎてまもなく、益美がやってきた。一時半には客がいなくなって、折原も店を閉めようとしていたところであった。

今夜はぽつりぽつりとしか客が来なかった。カウンターが埋まることはなく、二人来れば一人が帰り、その逆もあって、週のはじめはこんなものだろうとのんびりと構えていた。

「いいかしら」

益美は折原の気持を察したか、一瞬、閉めた扉の前に立ちどまった。たぶん着替えたのだろう、黒っぽいタートルネックのセーターにジーンズ、白いスニーカーをはいている。白いブルゾンを持っているので、これからスキーにでも出かけそうな服装だ。ショート・ヘアがよく合っている。

すっきりした女に変った、と十年前の益美を知る折原は思った。三つか四つになる子供の母親だが、とてもそうは見えないし、二十八歳にも見えない。そのくせ、酒場のマダムらしい貫禄もちゃんと出ている。

「焙《ほう》じ茶でも淹《い》れましょうか」

折原はカウンターから出て、歓迎の意を表した。それから、少し前に空気を入れかえようと開けた窓を閉めた。

「今夜はお客がたった四人だったのよ」

益美は椅子にすわり、笑みを含んだ目で折原を見ながら、バッグからメンソールの煙草をとりだした。その表情や仕種《しぐさ》が母親の正美にそっくりだと折原は思った。

「うちは八人だったかな」

熱い焙じ茶を折原がカウンターにおくと、飲みすぎちゃってと益美は言い、音をたててお茶を飲んだ。母に似て酒に強いことは折原も知っている。

「お客が来ないと、間がもたなくて、それにくさくさして、つい飲んじゃうのね。折原さんは？」

益美の口からかすかに酒のにおいが流れてきた。いやなにおいではないのが不思議な気がする。形のいい唇にかるく口紅が引いてあった。

「私はお茶を飲んでる。どくだみ茶なんて飲むこともあるんだよ」

「気持悪くない？」

「旨いですよ」

「物好きね、おじさんは」

「益美さんは若いんだから、酒を飲むのもしようがないかな。お店のママとしてはまだ一年なんだから」

この女に対して折原はどうしても甘くなる。去年の秋に益美が七丁目のビルの五階に店を持ってから、はらはらしながら見てきた。十二、三人はいればいっぱいの酒場の家賃が、五十五万円と聞いて、やってゆけるのかなと心配した。はじめは若いバーテンダーがいたのだが、よく休むのでクビにした。

いまは中国人の若い女一人がカウンターにはいって、水割をつくっている。

「何か食べるかね、おなかが空《す》いてるんじゃないか」

おじさんと言われて、折原はまわりに客がいないときの叔父と姪のような関係にもどっている。益美が高校卒業後しばらくして、銀座の酒場に勤めたころから、遠慮のない口をきくようになった。

ひと月も顔を見せなかったのに、どうした風の吹きまわしで、と折原が言っただけで、益美はうれしそうににっこりした。

「忍び逢いよ」

折原は諦めたようにくびを振った。また新しい恋人ができたらしい。お店のことで頭がいっぱいで、それどころじゃない、と先日言っていたのが嘘のようだ。

「どんな人かね」

折原は真顔で訊いた。離婚してから何人目の男だろうと思う。

「また、おじさんに軽蔑されるかもしれない。おじさんの目は厳しいんだから」

いや、実はやきもちを焼いてるのかもしれないよ、と折原は冗談めかして言った。正美に嫉《しっ》妬《と》した若いころの気持がよみがえってくる。益美は母親似である。

折原は二十一歳だった。アルバイトでウェイターをしていた赤坂のクラブに正美が勤めていた。彼女は姉さんぶって、要領の悪い折原を何かにつけてかばってくれた。私は三十七歳のおばあちゃんよと言っていたが、折原から見れば、二十七、八といっても通りそうだった。

ある夜、客の一人が正美にからんで、撲《なぐ》りかかり、見るに見かねて折原はその客を突きとばした。その夜のうちにクビになったが、正美は彼をホテルに連れていった。

あいつを突きとばしてくれたとき、あなたを抱きしめて、キスしたかったわ、と正美はベッドで折原の耳に囁いた。童貞の折原は震えていた。

二人は夜明けまで眠らなかった。折原は女の躰がこんなにすべすべして、しなやかなのに恍惚となっていた。正美は折原の腕のなかでなんども声をあげた。目がさめたとき、正美は消えていた。ゆうべは楽しかった、ホテルの支払いはすませてあるから心配しないでと短い置手紙がしてあった。

正美と寝たのはその一夜だけである。折原が会いたいと電話をかけても、正美は会おうとしなかった。その一夜だけでいいのよと折原を説得した。

正美のような女もいることを理解したのは、それから十年以上もたってからだ。あのいやらしい客を突きとばした瞬間の折原しか愛さなかったことがようやくわかったとき、彼はひとりで大笑いした。

その後、折原は何人もの女とつきあったが、正美の記憶から逃げられなかった。彼女がはじめての女だったのを贅沢すぎるほどに幸運だったといまも思う。白い肌と清潔でいてセクシーな匂いを折原は躰でいつまでもおぼえていた。

十年前の一夜、酒場勤めをはじめた益美が客に連れられて、花水木に来たとき、正美の妹かと折原は疑った。二度目にやはり客といっしょに来ると、その客が席を立ったすきに、門野正美という女を知っているかと尋ねてみた。

母です、と益美は目を大きく見開いて答え、だから母と同じように私も男みたいな名前でしょうと言った。折原は、正美が健在であること、結婚して益美を産んだが、すでに離婚したことなどを確かめた。

翌日の夕方、折原の店に正美から電話がかかってきて、益美をよろしくと頼まれた。声は昔と変らずに艶と甘さがあった。

お会いしたいですね、と折原は言ったが、彼女はその誘いに応じなかった。益美をお願いするわ。高校のときにぐれて、中絶の経験もある子なんです。私みたいに男になるとよかったのに、それができなかったのね。

電話が切れたあと、私みたいに男になるとよかったのにという正美の言葉を苦いおもいで納得した。そうではないかとぼんやり考えていたことが彼女の言葉で裏書きされたような気がしたのだ。折原にも一夜しか寝なかった女たちがいる。


益美はお茶をお代わりした。おなかは空いてないかと折原が訊くと、何も食べたくないと益美は言い、照れたように笑みを浮べた。笑うと酒場のマダムには見えない。

「あれ、金魚草かしら」

カウンターのすみの花瓶を指さして、益美が尋ねた。折原もそこだけ明るい黄色の花を見てうなずいた。益美が花に詳しいことに感心する。母親の正美に教えられたという。

「今夜、花水木へ行くと話したら、母がよろしくと言ってました」

忘れていたことをふと思い出したような言い方だった。益美は、母親と花水木のマスターがむかし知り合いだったことを知っているにすぎない。

折原は、正美が自分のことを忘れていたのではないかという気がしている。折原には忘れられなくても、正美にとっては数多い男のなかの一人でしかなかった。娘の益美に言われて、三十年前にそういう男がいたっけとかすかに思い出したのではないか。

「お母さん、元気かね」

折原は正美の顔を思い浮べた。その顔は目の前の益美と重なる。

「元気よ。毎日、友子と遊んでるわ。孫を育てるのが生き甲斐みたい」

「それはいい」

益美は正美が三十九のときに産んだのだから、六十七歳ということになる。もう枯れて、いいおばあさんだろう。よく益美を産んだと思う。

そのあと、夫が若い女をつくったので、正美はさっさと離婚したと折原は益美から聞いている。親子二代離婚してるのよ、と益美は言った。

彼女の場合は夫に新しい女ができたからではなく、姑と折り合いが悪くて、一歳になったばかりの娘を連れて飛び出したのだ。夫の家は金持だったから、結婚したときは玉の輿《こし》に乗ったと言われたが、よくあるケースで、益美は銀座にもどってきた。

益美が娘の友子の写真を見せてくれたことがある。やはり母親に似ていて、目鼻だちの整った色白の子だった。娘は父親に似るといわれるが、正美と益美と友子にかぎってそうではなかったのだ。

折原は益美に会うと、はじめは意識的に距離をおく。花水木などよりはるかに格上の店を持つマダムだということもある。時間がたつにつれて、その距離がいつも自然にせばまってゆく。

「待ち人来たらずだね」

折原はいくらか野次馬の気分で尋ねた。

「どうしたんだろう、あいつ」

蓮っ葉な口調だったが、折原は慣れている。あいつと言うとき、愛情のようなものが感じられる。店を出してくれたスポンサーなのかと思った。

益美の背後にどんな男がついているのか興味のあるところだったが、折原はそれを訊いたりはしなかった。どうせ益美は言わないにきまっている。

折原の耳に噂はいろいろとはいってきたが、いま一つ信用できないでいた。ただ、雇われマダムということはないだろう。離婚して銀座にもどってきたとき、二、三年で自分の店を持つつもりだったのだ。その覚悟をちらと洩らしたことがある。

「前々からおじさんに聞こうと思っていたんだけれど」

待ち人が来ないので、時間をつぶそうとするのか、益美がいたずらっぽい笑みを浮べた。煙草を喫《す》うから、歯は真っ白とはいえない。そこが益美の顔の欠点だろうか。正美の歯が白かったのを折原はおぼえている。歯の白さが清潔な印象を与えるのかもしれなかった。

「ねえ、母とはどんな関係だったの」

「ただの古い知り合いですよ。三十年前の高嶺の花だった」

「恋人同士じゃなかったの？」

「だって格がちがうもの。年齢もちがっていた。私はアルバイトのウェイターにすぎなかった」

階段をあがってくる足音がして、扉が開くと、マフラーをくびに巻いただけの清水が寒そうに立っていた。お一人？と折原が訊いた。今日が彼が編集する雑誌の校了日だったことに気がついた。

「一杯だけ飲ましてもらえますか。外は寒くて。会社で飲んでたんですが、ここまで来るあいだに酔いがさめちゃった」

どうぞ、と折原は言い、グラスに熱湯を入れ、バーボンを注いで、ホットウィスキーをつくってやった。清水は益美から少しはなれてすわり、お邪魔しますと挨拶した。

「どうぞご遠慮なく。今夜は今年一番の寒さじゃないかしら」

益美も如才なかった。折原の口調からここで大事にされている客だということを察したらしい。こういうところは母親ゆずりなのだろう。正美も勤めていたクラブでは、ほかのホステスたちよりもいちはやく客の気持を察するほうだった。

清水は一杯だけ飲んで引きあげていった。益美とは口をきかなかったが、店を出るとき、意味ありげに折原を見た。折原は益美を清水に紹介しなかった。ただ、二人が今夜が初対面だったというのが不思議である。

どちらも同じ酒場に来ていながら、顔が合わないということがある。おたがいに縁がないのだと折原は思うことにしてきた。

益美が腕時計を見て呟いた。

「来ないのかしら」

「何時の約束だったの」

「二時から二時半。時間にだらしないのは大嫌いなんだけど……」

惚れた弱みかと折原はふと思った。益美でもこんなことがあるのか。男を待たせるほうだと思っていた。ただ、店を出してからは、男の影は見えなかった。

「いつ知り合ったの」

折原に遠慮がなくなっていた。

「四ヵ月前かしら。夕方、お店に出るとき、新橋で三人組の酔っぱらいにからまれて、彼、私を助けようとしたら、逆にのされて」

「夕方に？」

「もう暗かったけど。人がたくさんいたのに、見て見ないふりをして、彼一人飛びだしてきたの」

「年齢は？」

「三十一。奥さんとは離婚して。逃げられたって言ってたわ」

あとは聞かなくてよかった。下から足音が聞こえてきた。足音はそっと階段をあがってきて、扉の前で立ちどまった。ためらっているかのように、扉がしばらく開かなかった。

「ばか」

益美が呟いた。折原は声もなく笑った。

「ぐず」

扉が開いて、長身の男が腰をかがめるようにしてはいってきた。オーバーを脱ぐと、ダーク・スーツが現われた。

振りかえった益美が、おそかったじゃないと拗《す》ねた声を出した。男は立ちどまったままで、折原に頭を下げた。気弱そうな礼儀正しい青年のように見えた。女房に逃げられても仕方がなさそうだ。いかにも頼りない。

どうぞと折原に言われて、男は益美のとなりにすわった。

「ごめんよ」

男は益美の横顔に目をやって言った。

「部長があさって、いや、もうあしたか、ロンドンに行くんで、資料をそろえて、そいつを英文のやつは日本語にしたり、逆のことをしたりで、時間がかかってしまった」

「人使いの荒い会社」

「今日は特別だったんだ」

「折原さん、守谷《もりや》圭一さんよ」

挨拶がすむと、折原は飲物は、と訊いた。のどが渇いているので、ビールをお願いしますと守谷は言い、折原が注いでやったビールを旨そうに飲んだ。

益美は機嫌をなおしていた。

「あなた、おなかは？」

「夜食におにぎりが出たんで」

折原は失礼と言い、カウンターを出て、便所に行った。最近は小便が近くなって困ると思っている。

二人のために席をはずしたくもあった。いたたまれないような気もしていた。水いらずの感じがあって、折原ですら息苦しい。

便所を出ると、益美は折原がもどったのに気がつかないのか、守谷の顔にほっそりした指を走らせていた。正美も自分の顔を指でなぞったのが思い出された。

益美は気がついて、指を引っこめると、折原さん、帰りますと言った。今夜は母親と娘のもとへ帰らないつもりなのか。

「母は知ってるのよ、守谷さんのこと」

正美は娘が母親と同じことをしているのをおそらく知っていて、それを認めているのだろう。この男との仲がいつまでつづくのかと折原は冷静に考えていた。

「友子を連れて、母はお友だちと伊豆に行ってるの」

折原は無言でうなずいた。益美は男については母親とちがうらしい。

守谷は残っているビールを自分で注いだ。顔が少し赤くなっている。

「いつもならカンバンじゃないですか」

折原に尋ねた。いくらか遠慮しているところがある。

「いや、いいんですよ、今夜は」

「外は寒いのに、ビールがこんなに旨いなんて、緊張してるからかな」

「どうして緊張するの」

益美が訊いた。

「銀座の酒場だから」

「そういえば、ふだんと声がちがう」

何がおかしいのか、二人は声をそろえて笑った。三十一と二十八にはとても思えない。いまが一番楽しい時かもしれなかった。まだ少女のようになれる益美は素直なのだ。

ビールを飲みおえた守谷が立ちあがった。益美も席を立った。背の高さからいえば、似合いのカップルである。

扉のほうへ行きかけて、益美がもどってきた。折原はあと片づけをしようとしていた。

「おじさん」

益美が小声で言った。

「有難う。ねえ、おじさんを母は好きだったんじゃないの？」

「その逆だった」

守谷が扉を開けてやると、益美は振りかえることもなく、ただ、さよならと言って出ていった。守谷という青年に折原は好感をおぼえた。

店のなかは暖い。あと片づけをするのが億劫《おっくう》になっている。懐しさをおぼえた。帰って眠りたかった。

折原は暖房を消し、オーバーを着た。あと片づけは明日にするつもりだった。電気を消すと、扉に鍵をかけて階段をおりた。寒さが下から押しよせてきて、身ぶるいした。

数寄屋通りにタクシーの空車が並んでいた。その向うに、もつれあうようにして歩いてゆく男女がいる。男が女の肩を抱きよせている。女はときどき男を見上げる。

寒くないんだな、と折原は思った。正美とあんなことはしなかった、できなかった。そうはさせないところが正美にはあった。といって、優しさに欠けていたわけでもない。

ただの一度しかないということがある。それが一生つきまとって離れない。折原は肩をすぼめながら、もつれあう男女のあとを歩いていった。数寄屋橋でタクシーを拾うつもりでいた。

面白半分

新年会の流れだろうか、空いている椅子が一つもないどころか、テーブルに出した二つの補助椅子までふさがっている。カウンターでは三人の客が立って、水割を手にしながら、声高に喋っていた。

客は三人四人と群《むれ》をなして、ほぼ同じ時刻にながれこんできた。関口麻里を連れて早くに来た清水は、木の床が抜けるのではないかと心配した。

昭和三十年代のはじめにできた、古い建物だから心配したくもなるのだが、意外に頑丈な造りなので、あと十人押し寄せてきても、びくともしないだろう。ただ、客が動くたびに、みしみしと床が鳴った。

酒場が混んでくると、清水と麻里はウェイターとウェイトレスに早変りする。折原がつくった飲物を二人がうしろのテーブルの客にはこぶのである。

いまは飲物が行きわたって、清水と麻里はカウンターのまんなかの席でスコッチを飲んでいた。暮に飲んだ八年もののフェイマス・グラウスがうまかったので、それにしたらしい。スコッチはバーボンより奥が深いんじゃないですかと清水は折原に言ったものだ。

ま、今年も順調なすべり出しだった、と折原は満足していた。暮は二十七日でおしまいにし、新年は六日の月曜日から営業をはじめた。それを待っていたように常連がつぎつぎとやってきた。毎夜一刻は客で埋まる。

「二日だったかな、銀座に出ましてね」

清水が折原に話しかけてきた。今年にはいって、清水はすでに四度か五度、花水木に顔を見せているが、この話はまだ聞いてない。

「四時半ごろだったからな。池の端の藪《やぶ》で飲んで鴨なんばんを食べて、近くのＥＳＴ！と琥珀に行ったんだけれど、二軒とも休業で、それで銀座に出たんです」

「ひとりで？」

麻里がたずねた。今夜は肌に艶があって、折原には彼女がなまめかしく見える。年末年始は元日を除いて、ほとんど飲まなかったというから、その効果がまだつづいているのだろう。

「いや、若い女性といっしょでした」

清水がしかつめらしく答えた。

「美人？　清水さんは面食いだから」

「まあ、美人だろうな。安田成美に似ているし、浅野ゆう子にも似ているが、しかし、この二人には遠く及ばないという美人でしてね。そういう女が多いんじゃないかな、自分は美人だと思っている女が」

「いるいる。で、Ｃ——に行ったわけ？」

Ｃは年中無休という八丁目の地下の酒場である。洋酒が揃っていて、折原も日曜日の夕方に覗くことがある。

「奥さんは？」

「実家に帰ってた。だから、下心があった」

「あわよくば——」

「そう、あわよくば」

半分本音で半分は嘘だろうと折原は思った。いくらおしどり夫婦であっても、清水はまだ若いし、好奇心も強い。面白半分にその若い女を誘惑したくなるだろう。

「蕎麦を食べたら、別れるつもりだった」

言って、清水はウィスキーを飲んだ。やはりこういう話をするのは照れくさいようだ。

「ところが、彼女はまだ帰りたくないと言うんだ。それで下心が大きくなった」

「清水さん、もてるんだ」

麻里は同僚をからかった。麻里のほうが若いけれども、対等に口をきく。

「で、Cで口説《くど》いたの？」

「だんだんに気持が萎《な》えてきましてね。折原さん、わかるでしょう、最初は可愛い女だなと興味が動いても、すれっからしだということがだんだんはっきりしてきたときの、あの、げんなりする気持」

折原はうなずいて、清水の飲物を用意した。グラスの中身がなくなっているのに気がついたのだ。新しいオン・ザ・ロックスのグラスを清水の前においた。

「いったいいくつなの、その女の子？」

麻里がたずねた。清水がこの種の話をすることがないので、明らかに興味を惹かれている。折原にしても先を聞きたかった。清水の告白が本当か嘘かを見きわめられるという自信がある。

「二十五と言ってましたけどね、相当の数の男を知ってるようでしたね。最近は素人のほうがすごいってのは事実だな」

麻里は女の名前をきいたけれども、清水はかりにQ子ということにしようと言って、Q子が暮に経験したという話を披露した。彼女は十二月はじめの忘年会で紹介された男に電話で誘われて、六本木で食事を共にし、バーをはしごした。彼は妻子がいて、三十六歳。

男はQ子を終始賛美しつづけた。君は安田成美や浅野ゆう子なんか問題にならないほどの美女だと口説いた。こういう美辞麗句にQ子が食傷しているのを彼は知らなかった。

「最後はどうなったと思いますか」

清水は言って、麻里と折原を交互に見た。

「口説きおとせなかった」

麻里は自信をもって言った。折原は例によって黙っている。しかし、麻里の言うとおりだと思った。清水はすぐに先をつづけた。

「男は最後に行ったバーで泣きだしたというんです。泣いて口説いた」

「まさか」

麻里は言って吹きだした。清水もにやにやしている。

そのとき、お代わりお願いします、とテーブルのほうから声がした。かしこまりましたと折原はバーボンの水割をつくりはじめた。

テーブルの客は四人で、先刻からおとなしく飲んでいる。清水と麻里の横で大声を出している三人の客と好対照であるが、三人も常連だから、折原がいやがるほどがなりたてているわけではない。清水が普通に話していても、ちゃんと聞こえる。

麻里が気をきかせて、飲物が四つのったトレイをうしろのテーブルにはこんだ。すみません、申訳ない、と二組のカップルが口々に言う。カウンターにもどった麻里に折原はどうもすみませんと謝った。

こんなことなら人を雇えばいいのであるが、店の雰囲気を変えたくなかった。長く勤めてくれる人がいればいいけれども、せいぜい一年くらいで辞めてゆく。アルバイトのウェイターやウェイトレスが頻繁に替るのは、客に悪いし、店のためにもよくないと折原は思っている。

「さあ、お話のつづき」

麻里が先を促した。清水は煙草をくわえて、ライターで火をつけた。

「男が泣いたというのは本当らしいよ。Q子の話では、以前にも二度、男に泣かれたそうだ。そういえば、結婚式で花嫁はけろりとしてるのに、新郎のほうが感きわまって泣いてるじゃないか」

花婿が涙を流すシーンを折原もテレビで見たおぼえがある。もう二十数年前になるが、折原がサラリーマンだったころ、結婚披露宴に招《よ》ばれて、花婿が恥かしそうに俯いているのに、花嫁が出席者のほうをきょろきょろ見まわしていたのを思い出した。あのころから男が泣くようになったのかもしれない。

「ところで、Cでは何を飲んだの」

麻里が訊いて、オン・ザ・ロックスを口に含んだ。故意かどうか折原にはわからないのだが、麻里の唇が濡れて光り、いっそうセクシーになった。小学生の息子がいるようにはどうしても見えない。

「彼女はカクテル。マンハッタンなんて若いバーテンダーに注文してたな。僕ははじめはスコッチのソーダ割だった」

「フェイマス・グラウス？」

「そう。バーテンダーの話によると、Cではこれしか飲まない客もいるそうだ」

「ちょっと気障ね」

「そうかな。それを三杯飲んだら、強い酒が欲しくなってね。グラッパはあるかと訊いてみた。以前にCで飲んだことがあるんだ」

「それで？」

「グラッパよりもっといいのがあると若いバーテンダーが言うんだ。そして、マールを知ってるかと逆に質問してきた」

「もちろん、清水さんは知るわけがない。折原さんはご存じ？」

「カストリブランデーって言ってますがね」

折原は重い口を開いた。フランスのシャンパーニュ地方で白葡萄酒のかすを発酵させて造るのだ。

「美味しかったでしょう」

折原は言った。

「ええ。でも――」

「お勘定が高かったんじゃないですか」

「しまったと思いましたよ。僕はきっとQ子の前で、いいとこ見せたかったんでしょうね。しかし、もう一杯飲んでみたいな」

「召しあがりますか」

折原が腰をかがめて、下の戸棚に手をかけた。手つかずのやつが二本、そこにはいっている。洋酒の棚が大きくはないから、出しておかなかったまでのことだ。

「いいですよ、折原さん」

清水が強い口調で言ったので、折原はまた清水、麻里の二人と向きあった。麻里がたずねた。

「Cでいくら払ったの?」

清水は苦笑いを浮べて返事をしなかった。折原は、おそらく三万近かっただろうと踏んだ。

「Q子さんはそれからどうなったの。ものにできた?」

清水は麻里の質問をうるさがらなかった。

「ものにしてたら、こんな話はしませんよ、ねえ、折原さん」

折原はそのとき、もう一つのテーブルの客の飲物をつくっていた。こちらもバーボンの水割である。こんどは清水が椅子からおりて、飲物をテーブルに届けた。すみませんね、清水さん、と客の一人が言った。

立って飲んでいた三人組が出口のほうへぞろぞろと移動した。店がせまいから、三人でもぞろぞろという感じになる。カウンターの客がひとり立ちあがって、勘定をお願いしますと折原に言った。その客と三人組はいっしょに飲んでいたのだ。

折原は素早く計算して、メモ用紙に金額を書いてわたした。その金額は、清水がCで支払ったのよりだいぶ安い。だから、客が来るのだと折原は思う。勤め人が自前で飲める店でありたいし、ほそぼそと営業してゆければいい。

四人の客が帰って、ようやく一つの席が空き、酒場は少し静かになった。しかし、カウンターだけでもまだ七人いる。二つのテーブルは十人の男女で占められている。

麻里のとなりの客が最後の一杯にホットウィスキーを飲みたいと言った。折原は無言でタンブラーに熱湯を入れ、ウィスキーを注いで、その客の前に出した。それから、カウンターの客たちのグラスに目を走らせて、飲物が残っているのを確かめた。

折原の躰があいたので、清水はまた話をはじめた。Cには先客が一人いて、中年の男と若い女だった。声が大きいので、話の中身が清水の耳に聞こえてきた。

この近所のホテルに大晦日から泊っているらしいことが清水にもわかったが、夫婦ではなかった。店のなかが暗くて、そのカップルの顔が見えなかったのが残念だった、と清水は言った。

Cのバーテンダーは中年の美男子だが、時間が早かったせいか、地方から上京したとひと目でわかる青年がバーテンダーをつとめていた。マールのほかにも洋酒について教えてくれるので、押しつけがましいが勉強熱心なバーテンダーだと清水は感心した。

とても素敵な酒場、とQ子は満足していた。上野の蕎麦屋で清酒を飲み、ここでマンハッタンを三杯も飲んだから、酔いがまわってきている。それで口がほぐれたのか、泣いて口説いた男の話をしてくれた。

清水もまたその男と同じように、暮も押しつまったころの忘年会でQ子と知りあった。彼女のほうが積極的に言葉をかけてきたのである。交換した名刺には名前とアパートの住所電話番号しか出ていないので、どんな仕事をしているのかと訊いてみた。

フリーの編集者だけれど、仕事はもっぱら校正ですとQ子は言い、仕事を紹介してくださいと清水に頼んだ。初対面で人にものを頼むとはいささか呆《あき》れたが、その忘年会に集まった女たちのなかでは目立つ美貌だったから、大目にみてやった。

二十九日に妻が実家に帰ってしまうと、清水は時間をもてあました。いや、女房がいたってもてあましていたでしょうがね、と彼は折原に言って笑った。

元日は食事と風呂以外には一日寝床から出なかった。時代小説を寝床でかたっぱしから読んだ。それにも飽きて、夜おそくQ子のことをふと思い出して、電話をかけてみた。元日の深夜に淑女の家へ電話するのが失礼であるのは重々承知していたが、これも編集者だからできることだと思った。その点で編集者は常識にかからないところがある。

Q子はアパートにいた。清水の電話をよろこんでいるのが、彼女のうきうきした声でわかった。清水が食事でもしないかと誘うと、Q子はそれを待っていたように承知した。

彼女があっさりオーケイしてくれたときは、プレイボーイになった気分でしたよ、折原さん、と清水は大笑いした。男はみんなプレイボーイのつもりなのよ、私の別れた亭主だってそうだったわ、と麻里は折原を見て言った。

「それはいいとして、Cで口説いたの？」

「ただし、僕は泣かなかったよ。なにしろ、会うのが二度目だからね、彼女の過去を知りたかった。たとえば、男を何人知ってるかといったことだよ」

「彼女、教えてくれた？」

「いまつきあっている妻子もちの男のことまで教えてくれたよ」

「だから、清水さんの誘いに乗ったのね。奥さんと子供がいる男の人を愛してしまうと、お正月が耐えきれないほど淋しいっていうじゃない」

「麻里も経験者かな」

「まさかァ」

麻里は吹きだした。折原も笑ったが、気がついて、カウンターの奥の二人の客に目をやった。スコッチの水割がなくなっている。二人の客は折原にグラスを掲げてみせた。

折原は水割を素早くつくって、自分ではこんだ。客は二人とも注文のスーツを着ているのが折原にもわかる。スーツが二人の顔を立派に見せているようだった。どうしてこういう客が冴えない初老の男がひとりでやっている酒場に来るのかわからない。

麻里が清水をせっついた。

「Cには長居したの？」

「せいぜい一時間かな」

ホテルに泊っているカップルはまもなく出てゆき、客は清水とQ子の二人だけになったが、まもなく夫婦らしい男女がやってきた。二人はカウンターの隅にすわって、スコッチのソーダ割を注文した。

清水はころあいを見はからって、出ようと言い、勘定をすませて、先に出たQ子のあとを追った。Q子は扉の外で待っていて、階段をあがるとき、腕をからませてきた。

それがごく自然な動作でね、と清水は麻里に腕をからませた。麻里は悲鳴をあげて椅子からおりた。客の目がいっせいに彼女のほうに集まってきたが、麻里は何ごともなかったかのように椅子に腰かけて、ああ驚いたと溜息をついた。

「僕もそのときはびっくりした。でも、すかさず言ったんですよ、ホテルに行こうかって。あれは性急すぎたかな。で、彼女、なんて答えたと思います」

「まだいや」

麻里が甘えるような声で言った。

「まるで見てきたようなことを言うね、麻里は。さすが売れてる女性誌の編集者だ」

「キスはしなかったの？」

「すごいことを訊くもんだね。もちろん、しなかった。正直に言うと、させてもらえなかった。抱き寄せたら、すっと顔をそむける。それが羞《は》じらってるように見えた。いやあ、喋ってるうちに、酔ってきたぞ」

清水に言わせれば、彼はQ子と腕を組んで、人の少ない裏通りを歩いた。彼女は清水の腕に顔を押しつけてきた。しかし、何ごともなかったのである。

キスしようとするたびに逃げられた。清水は小娘に翻弄されているような気がした。そういう酔って好色になった彼自身を清水はぼんやりと見ていた。

「それで最後は？」

麻里がまた訊いたので、清水は、新橋まで送っていって、そこで別れたと言った。折原がじっと見ていると、清水の顔が一瞬情けなさそうに歪んだ。こんな話をしてしまったのを後悔しているようでもあった。

「ばかみたい」

麻里は憤慨していた。折原はフェイマス・グラウスのオン・ザ・ロックスをつくって、清水の前においた。

「お金の無駄遣いじゃない。悪い女ね、Q子って」

「自分でもそう言ってたよ、私って悪い女かしらって」

清水は憮然として言った。折原はひとこと言いたかった。

「悪い女というよりも、いやな女じゃないですか」

「そうよ、いやな女よ」

麻里も同調した。

「でも、すれっからしの可愛い女でもあるわね。どうして告白したの、清水さん」

「胸につかえてたんだよ。恥かしいことだけれど、誰かに喋って、笑いごとにしてしまって、胸のつかえをとりたかった。ただね、僕の話がどの程度まで信用されるか、自信がなかった。

酒場だとこういう話もしやすいんだね」

「私は信用します」

麻里は即座に言った。折原もうなずいてみせた。そのとき、テーブルの客が十人いっせいに立ちあがった。壮観だった。

十人の客は扉を開けて、どやどやとおりていった。麻里が椅子からおりて、後片づけをはじめた。清水はほっとしたように宙をみつめている。折原は腕時計をちらりと見た。十時を少しまわったところである。折原が飲んでもいい時間が来ていた。

風の寒さ

カウンターで清水のとなりにすわる中林が、折原のつくるオン・ザ・ロックスを待っている。その顔には、折原が夕方に数寄屋橋で見かけたのとはまるでちがう、穏やかな表情が浮んでいた。

数寄屋橋の交差点ですれちがったことは、折原も中林に言ってない。中林の秘密に触れた気がして、言うつもりはなかった。

あれは、中林がここでは見せなかった顔である。店に行く折原は、阪急百貨店から斜めにわたってくる中林の大きな角張った顔を見つけて、声をかけようとしたのだが、中林は前方を睨みつけるようにして、気がつかずに行ってしまった。

折原を無視したのではなく、何も目にはいらなかったのだろう。挨拶するのがためらわれるほど暗い厳しい顔だった。何があったのかと思いながら、折原は後姿にちらっと目をやった。外は今日も寒いけれど、中林は春風駘蕩とした顔をしている。オン・ザ・ロックスを一口飲んで、ふっと溜息をついた。

中林は花水木では最も温厚な客の一人だろう。ある客が聞こえよがしに、まるで頭が歩いてるみたいだと言ったときも、中林は、女房にもそう言われたことがあると、こともなげに笑った。もう一人、頭の大きな客がいる。関口麻里だ。折原は中林に好意を抱いている。たしかに中林の頭は大きい。すわっているとわからないが、立ちあがると頭が異常に大きいのが目立つ。

中林はたいてい一人で花水木にやってくる。早く来るときもあれば、遅いときもある。頑固にサントリーのオールドしか飲まない。花水木の客はスコッチかバーボンであるが、折原は中林のためにオールドを切らさないようにしてきた。

服装もここへ来はじめたときから変っていない。つねに紺のスーツであるが、ネクタイは来るたびにちがっている。週に一、二度来るのだが、同じネクタイを締めていたのを折原は見たことがないので、ひそかにネクタイ道楽なのではないかと見ている。

年齢は五十七か八だ。銀座にある家電メーカーの本社に勤めていて、十年ほど前から花水木へ来るようになった。現在は子会社の部長である。

大学生の娘と息子がいると聞いているが、中林は家庭のことはめったに話さない。酔えば多弁になるものだが、花水木の客のなかでは無口なほうだろう。となりの客の話を聞いているのか、ダブルのオン・ザ・ロックスを三杯か四杯か飲むと、勘定は、とかならず訊き、ズボンのポケットから金を出して、帰ってゆく。

「伊藤君子を知ってますか」

中林が顔に似合わぬ優しい声で訊いた。どこの女だろうと思ったが、折原はすぐにわかった。

「いい歌手ですね」

折原はそれだけしか言わなかったが、ごひいきのジャズ・ヴォーカリストである。日本ではナンバー・ワンではないかとひそかに思っている。

「ジャズには不案内だけど、彼女の歌をたまたま聴いて、好きになった」

中林の照れたような口調だったので、清水が折原を見て、可笑《おか》しそうな顔をした。中林が演歌の話をするのなら、清水も笑いをこらえたりはしないだろう。

清水も折原もジャズが好きだから、中林は伊藤君子のことを話題にしたにちがいない。この客にはそういう不器用なサービス精神がある。

「伊藤君子は僕も大好きですよ」

清水が言った。中林はやっぱりというように、二度三度とうなずいた。

「僕は彼女のＣＤを全部持ってます。たしか四枚だったかな。なんならお貸ししましょうか、中林さん」

この店の客はカウンターでとなりあわせれば、たいてい口をきく仲である。中林には清水のほうが積極的に言葉をかけた。雑誌編集者だからなんにでも興味を示すのか、清水は中林にかぎらず、となりの客には気軽に話しかける。

「いや、私も持ってます」

中林は言って、ウィスキーを飲んだ。

「僕は『フォロー・ミー』が好きなんですよ。中林さんは伊藤君子のどの曲がお好きですか。興味があるな」

中林は咳ばらいした。折原からみれば、意地悪な質問である。生意気な甥がおとなしい伯父を困らせてよろこんでいるようだ。

「恥かしいんですがね、『ラヴ』なんです」

「ああ、『ラヴ・イズ・リアル、リアル・イズ・ラヴ……』」

清水はくちずさんでみせた。

「僕も好きだな。それ、ジョン・レノンですよね。中林さん、若いんだなあ」

「ジャズの話なんかするつもりはなかった」

中林は折原に言った。折原はうなずいたけれども、中林がジャズを聴くというのを意外には思わなかった。自室でひとりで伊藤君子を聴くこの初老のサラリーマンの姿を想像した。たぶん妻や子供たちのいない、週末の深閑とした家で。

「これでも」

そう言って、中林はまた照れた表情になった。五十をとうに過ぎても、こういう男がいる。中林のほかにも、似たような客が数人、花水木に通ってくる。出世が停止してしまった男たちである。それは能力がなかったからではなく、運がなかったか、悪かったからだと折原は信じている。

「学生のころ、私は浅草の国際劇場でサッチモを聴いてるんです」

中林のことばに、清水が口を開けて、中林の顔を見つめた。折原もこれは初耳である。

「ルイ・アームストロングが東京に来てるんですか」

清水は素直に驚いている。しかし、中林はいぜんとして恥かしそうだ。

「なに、先輩に連れられて行っただけのことなんです。無料でした。でも、あの広い国際劇場の舞台がだんだん小さく見えてきましてね、感動しました」

へえ、と清水はまだ驚いていた。折原が訊いた。

「いつごろですか」

「昭和二十八年か九年でしたかね。たしか大学一年の冬でした」

清水はまだ生れていなかったし、折原が中学生のころである。

「羨しい話ですね」

折原は正直な感想を言ってから、中林の飲物がなくなりかけているのに気づいて、新しいオン・ザ・ロックスをつくった。数寄屋橋で見かけた中林の険《けわ》しい表情がいまは嘘のように思われる。

ついでにこちらもお願いします、とカウンターの奥の二人組が言ってきた。折原はそちらに目をやって、すみませんと言った。今夜の客はまだこの四人である。

「そのころ、中林さんにはガールフレンドはいたんですか」

清水が訊いた。折原は新しい飲物を中林の前におき、すぐに奥の客たちの水割をつくった。それをはこんでいくと、二人は子供の中学受験の話をしている。どちらも同じ年齢ごろの息子か娘がいるらしい。もどってくると、中林が清水に言っていた。

「ガールフレンドなんて、いるはずがないでしょう、私のような田舎出の貧乏学生に。どうやったら酒を安くたくさん飲めるか、そんなことばかり考えてましたな」

中林が一瞬眉をひそめたので、顔に暗い翳《かげ》がさしたように見えた。しかし、すぐに屈託のない顔にもどって、折原に話しかけた。

「それにしても、どうして酒場に足をはこぶんですかね。家で飲めば安上りだし、帰る電車の心配をする必要もないし、躰が疲れることもない。家で飲んでて二日酔になったなんて話、聞きませんものね」

「ぼくは家では飲みたくない、会社でも飲みたくないな」

清水が投げやりに言った。折原は、中林が珍しく饒舌になっているのに気がついていた。しかし、本人はそのことを知っているようで、早口にはなっていない。

「酒があって、酒場があって、よかったと思いますよ。そうじゃなかったら——」

中林は口をつぐんだ。

「僕は酒場で、こころのなかで懺悔《ざんげ》してますね、とくにひとりで飲んでるときは」

清水が真顔だったので、折原は言った。

「ここは教会でしょうか」

三人は笑った。奥の二人の客がいぶかしそうに折原を見た。折原は恐縮して、頭に手をやった。笑っているときではない。


中林はオン・ザ・ロックスを四杯飲んでも帰らなかった。しばらく考えてから、もう一杯お願いしようかなと言った。折原は中林の飲物をつくりはじめた。自分も飲みたくなっている。

今夜はお茶で通してきた。

　客が少ないときは、なるべくアルコールには手を出さないことにしている。もっとも、客が多くても、折原は飲まない。

　今夜のように常連ばかりで、その数も四人なら打ちとけた気分になり、酒も旨くなる。

　中林は、折原が目の前においた五杯目のオン・ザ・ロックスをじっと見て言った。

「長生きはするものですね、折原さん」

「まだお若いですよ」

　折原は思っていることを口にした。ダブルのオン・ザ・ロックスを四杯も飲んで悠然としているなんて、肉体が若い証拠だろう。しかし、中林の声は自嘲気味に聞こえた。それを察したか、清水が訊いた。

「何かあったんですか」

「いや、何もないですよ。大したことじゃない。よくあることだから、何もなかったのと同じでしょう。ただ、友人からある話を聞きましてね」

「僕も聞きたいですね」

　清水は言って、小さな氷のかけらだけになったグラスを折原のほうに押しやった。折原は新しいグラスを棚からとりだした。清水にしてはゆったりしたペースである。ゆうべも来たから、今夜は控えているのか。

中林は天井を仰いだ。友人というのは中林自身のことではないかと折原はふと思った。

「友人というのはかつて同僚だったんですがね、私とちがって仕事はできるし、性格がおおらかでね。しかし、私と同じように別の子会社に飛ばされた」

その友人は若い人たちから頼りにされていた、と中林は語った。二週間前、友人は部下である若い女性に泣きつかれた。社内では目立たない娘である。ご相談したいことがありますと言われて、彼は会社を出て喫茶店で彼女の話を聞いた。

「案の定でした」

中林は言って、清水と折原を見た。清水が言った。

「別れ話、それともセクハラ」

「そう、セクシャル・ハラスメントです」

「やっぱり」

友人は若い社員になんども同じ質問をした。刑事の取調べに似ていた。彼女の話が事実かどうかを確かめたかった。そして、彼女の話を信用した。役員の一人が執拗に彼女を誘惑し、ホテルにまで連れこんだのである。

「ただ、友人に言わせますとね、その役員が彼女のどこが気に入ったのかわからないそうです。

ほかにいい女が社内に何人もいると言うんです」

「わからないものですね。僕だって酔っぱらうと、デブが痩せて見えることがあります。これ、懺悔ですかね」

清水は笑ったが、中林は宙をみつめている。折原は自分のグラスに湯を入れ、ウィスキーをちょっぴり注いだ。

「その娘は年齢が二十四歳で、父親が早く亡くなって、母一人子一人なんです。恋人はいません」

友人は彼女の考えを尋ねた。彼女はホテルからはなんとか無事に逃げられたので、なるべくなら穏便にことをすませたいという。勤めをつづけたかったのだ。いい娘だと友人は思った。助けてください、と彼女は友人に哀願した。

友人は考えた末に、問題の役員に会った。正直なところ、知らん顔をしていたかった。ほかの誰かにまかせたかった。弁護士に相談しようかとも思ったが、大学に行っている自分の娘とそう年齢のちがわぬ社員があわれだった。

「役員は簡単に自分の非を認めたそうです。酔ったいきおいだったと言ったらしい」

中林は慎重にことばを選んでいた。折原にはそのように見えた。

友人は安堵して引きさがった。これで一件落着である。酔ったいきおいだったというのは嘘であることを知っていた。その役員は酒を飲まないのである。昔から女癖が悪いという評判だった。

「ところが、今日、その友人に会ったら」

中林は冷静に言った。清水も折原も無言である。折原はウィスキーのお湯割に口をつけていない。清水は中林を見まもっている。

「その役員に、会社をやめたらどうかと言われた。後進に道を譲ってはどうか、と。友人は即座に断った。定年までやめません、と」

中林の頰に赤みがさしてきた。

「その方、勤続何十年ですか」

清水が遠慮がちに尋ねて、新しい飲物に口をつけた。

「私とおない年齢《どし》で、入社が同じだから、三十四年になりますか」

「やめちゃいけませんよ、中林さん」

清水は叫ぶように言った。そうですよ、と折原は低く呟いた。

「僕の親父はね、しがない小役人でしたけどね、それに高校までしか出てないんですが、どんなにいじめられても、定年まで勤めてましたよ。いじめられたっていうのは、上役に反抗して、左遷されたそうなんです」

これも折原には初耳である。清水が父親の話をしたことはなかった。中林にかわって、清水が饒舌になっている。

「親父が勤続三十三年になったとき、僕の前で酔っぱらって叫びましたよ。俺は勤続三十三年だって。僕は大学一年か二年でしたが、月給取りっていうのは大変だなあと実感しましてね。それまで反抗していた親父が好きになった」

「友人もね」

中林は笑みを見せて言った。

「ぜったいに定年まで勤めるって言ってましたよ」

「僕だって、どんなにぼろぼろになっても、定年までいるつもりです。だから、中林さんも――」

「私のことじゃないですよ」

「そうでした」

「もっとも、私もね、定年まで勤めさせていただきます。でも、なになにさせていただきますという言い方、嫌いですねえ」

「そうそう、テレビタレントなんかよく言いますね。このドラマに出さしていただいてなんて。そして、かならずおしまいに、そろいもそろって、よろしくお願いしますと言う」

「この世には理不尽なことがいっぱいあるんですよ」

「だから、酒場があるんですかねえ」

清水が旨そうにオン・ザ・ロックスを飲んだ。中林も飲んだ。

子供の教育はすべて女房にまかせてるんだと奥の客の一人が言っているのが聞こえてきた。

それから、私立中学の偏差値をつぎつぎにあげてみせた。中林が折原に笑いかけた。

「明日、会社を休んでやろうかな」

中林は言った。清水と折原を信頼しているのがわかるような口調になっている。なぜ休みたいのか、折原は知っているつもりだった。友人がほかならぬ中林自身だということを二人が察しているのに当の本人も気づいているだろう。

「でも、明日は金曜日ですよ、中林さん。定年まで休まず働きなさい。その役員の野郎は俺がぶんなぐってやりますよ」

折原が少しぬるくなった飲物を飲んだとき、扉が開いて、関口麻里がはいってきた。

「やっぱり来てたのね」

麻里は同僚の清水に手を振ってみせてから、となりにすわると、中林に挨拶し、折原にバーボンの水割を注文した。

「いままで仕事」

清水の質問に、麻里はそうよと答えた。

「もう少し早く来ればよかったのに」

「なぜ」

「中林さんのお話がよかった」

中林はすでに椅子からおりていた。この客が五杯も飲むのは今夜が最後だろうと、折原は三千円と書いた紙片をわたしながら思った。

「申訳ない」

中林は言って、オーバーを着ると、ポケットから四角な紙包みをとりだして、カウンターにのせた。

「お礼といってはなんだけど、折原さんにこれをあげますよ」

「なんですか」

「開けてみてください」

折原は包みを開けてみた。ザ・ベスト・オヴ・キミコ・イトーというＣＤだった。

「せっかくお買いになったのに」

折原は遠慮したけれど、中林は折原の手にＣＤを押しつけながら言った。

「私はニューヨークに行ったことはないんだけれど、伊藤君子はニューヨークのホテルで聴いたらいいだろうなあ。このひと、私にジャズのこころを教えてくれる。気障なことを言っちゃったかな」

「いやいや、中林さん。ニューヨークへ行ってきなさいよ、奥さまとごいっしょに」

清水が言うと、麻里もニューヨーク行をすすめた。

「なんなら、私がごいっしょしてもいいわ。頭でっかち同士で」

麻里はここへ来る前にどこかで飲んできたらしい。ただ、相手の気持を察するのが早い女である。

「でも、ニューヨークでセクシャル・ハラスメントになったら大変だ。麻里さんなら私はやりかねない」

「中林さんなら大歓迎よ」

「これで私も今夜は帰れる」

中林は千円札を三枚カウンターにおくと、扉を開けた。風の音が店にはいってきた。中林は首をすくめ、振りかえって、風の寒さですかねと呟いて出ていった。

顰蹙《ひんしゅく》を買う

今夜は早く帰りますよ、と言ったはずの安田がいっこうに引きあげる気配がない。上機嫌である。折原の手がすいたときを見はからって、言葉をかけてくる。

「ねえ、折原さん、大臣だけに限らず、全議員の資産公開を義務づけるってのは、これは、政治家がみんな私腹を肥やしてるという証拠じゃないのかね」

折原もひそかにそう思っているので、うなずいてみせると、安田はいきおいづいて、また言う。

「政治倫理の確立なんていったって、そういう法律をつくるのは、当の政治家ですよ。泥棒に泥棒を取締る法律をつくらせるようなものじゃないですか」

「そのとおり」

となりで飲んでいた関口麻里が拍手する。雑誌が校了になって、麻里は今夜は早くに酔ってしまった。彼女も言いたいことがありそうに、折原を見る。

「折原さん、こういうこと考えたことない。折原さんが派閥の親分だとして、選挙資金に一億円、誰からかもらったとするわね。デパートの袋にはいって、一千万円の札束が十。その一億円は派閥の人たちに分けてやるんだけれど、親分が一束だけ自分のポケットに入れてしまう。そういうことってない?」

「おおいにありうることですよ、麻里さん」

安田は折原の返事も待たずに言う。

「なぜかといいますとね、麻里さん、かりに私が派閥のボスだったら、そうするからですよ。子分に全部分けてやるなんてことはしません。麻里さんはどうですか、ちゃんと分けてやりますか」

「たぶん、私も一束ぐらいならと思うでしょうね」

「そんなものです、人間なんて、卑しいものです」

「僕なら二束はいただきますね」

麻里のとなりの清水が口を出した。彼は雑誌の取材を終えて、麻里とここでいっしょになった。麻里も清水も折原にとっては得がたい客だ。花水木で飲んでいるかぎりでは、二人ともまことに酒品がよい。

「でも、安田さん、ショッピングバッグにはいった一億円をくれたりもらったりするような人は、この花水木には来ませんよ」

清水が話を現実にもどした。たしかに清水の言うとおりで、折原の店は銀座でも場末の酒場に近い。客はみんな自前でちびりちびり飲んでいる。

折原はカウンターのほかの客の飲物をつくった。しかし、三人の話が自然に耳にはいってくる。安田が喋っていた。

「もう三年になりますかな。夏でしたよ。高校の同級生がすごいバーに連れてってくれましてね。あれはクラブというんですかね」

「美人がそろってるお店でしょう」

麻里が言った。カウンターに肘をついていて、目がとろんとしている。疲れている証拠だった。勤めがあり、その上に残業があって、家には小学生の息子がいるというのは、大変なことだろう。その上、酒も飲むのだから、疲れもひどくなる。

折原は麻里を大目に見てきた。麻里が酒を飲むのも彼女の仕事のうちだと思っている。

「女は多かったが、美人はいませんでしたよ、麻里さん。それに、私の同級生が勘定をもってくれたわけではない。彼も私も同じく、いわゆる万年課長ですからね」

「じゃあ、ほかにスポンサーがいたんですか。体《てい》のいいたかりですね」

「そうです。同級生は不動産会社に勤めていましてね。彼がどういう関係なのかわかりませんが、浦和の不動産屋といっしょに来たんです。その不動産屋は貧相ではなかったが、痩せていて、黄色のポロシャツを着ておりましてね。そのクラブのママがそのポロシャツを丁重に迎えましたよ」

折原は水割をカウンターの奥で一人で飲んでいる客にはこんだ。その客は安田の話を聞くともなしに聞いている。

「その同級生の方、安田さんに何か頼みごとでもあったんですか」

清水が訊いた。彼も編集者だから、人の話を聞くのがうまい。

「それはなかったですね。同窓会で顔を合わせて、どこで飲んでるのかと訊くから、銀座だって言ったら、こんどいっしょに飲もうということになり、彼が一人で来るのかと思ったら、スポンサーを連れてきた」

「ちっちゃいバブルね」

麻里は言って笑った。

「そう。でもね、そういう連中が集まるクラブでね。私はママの腕時計を見て、ぶったまげた。あれはホワイト・ゴールドというんですかね。それに宝石をちりばめて、あれじゃ一千万円以上はするでしょう」

「で、飲物はレミー・マルタンのナポレオンかその上」

「麻里ちゃん、よく知ってるじゃない」

「週刊誌の読みすぎよ」

ここで安田の表情が変った。苦渋にみちたというか、韜晦《とうかい》しているというか、眉間《みけん》に皺がで きた。しばらく間をおいて、安田が話をはじめた。

「大失敗をしましてね。ブランデーを飲んでるうちに、だんだん腹がたってきたんです」

その怒りを抑えるために、安田はなぜ腹がたつのかを酔った頭で考えてみた。高校の同級生と浦和の不動産屋と安田の三人は、話がはじめからまるで嚙みあわないので、安田は黙々と飲むしかなかった。それが腹のたつ理由の一つだとわかった。

同級生と不動産屋は女をはさんでハワイや西海岸でゴルフをした話などをしながら、ブランデーの水割をゆっくりと飲んでいる。それも腹のたつことだったが、ときどきママがやってきて、不動産屋に声をかける。安田にも二人の女がついたけれど、彼を無視して、食べものの話をしていた。

安田は自己嫌悪におちいっているのに気がついた。只酒《ただざけ》を飲むと、こういうことになる。同級生にクラス会で誘われたからといって、来るべきではなかったのだ。気のいい奴だが、そんなに親しいわけではなかった。

フルーツが出てきた。これがばかでかいガラスの皿にのっている。メロン、パパイヤ、オレンジ、葡萄など、三人がかりに食べたとしても食べきれないほどの量だった。

「我をわすれるということがありますね」

安田はしみじみと言った。テーブルに客がいないので、折原はいまのところわりに暇である。カウンターの四人の客はみな一休みしているのか、グラスに酒が残っている。

「私はね、いつも自分に言いきかせているんですよ、つねに我を忘れるな、と。ということは、酒のはいったときなんか、それだけ我を忘れることがあるんですねえ」

麻里がくすりと笑った。清水も声もなく笑っている。折原はグラスを拭きはじめた。

「同級生と不動産屋を残して、帰ればよかったんですがね。そのつもりはあったんです」

そのとき、安田についた女の一人が、フォークを刺したメロンを安田の口にもってきた。女の手を安田は振りはらった。

「何すんのよおと女がどなりましてねえ。痩せた、私より背の高い女で、目も鼻も口も大きい。それが厚化粧してて、実は私は口もききたくなかった。それが相手にも伝わっていたんでしょう」

安田は喋っていて、のどが渇いたのか、水割を飲んだ。それから黙ってしまった。清水も麻里も安田の話を待っている。

「ま、そこは私が悪かったと言ったんで、おさまった。もちろん、女は二人とも私のとなりからいなくなりました」

安田は言って、また一口飲んだ。

同級生と不動産屋は気がつかなかったように、ゴルフの話をつづけていた。ゴルフをやらない安田はなにもこんなところに来てまで、ゴルフ談義をすることもあるまいと苦々しく思った。もっとも、こういう店に来れば、ゴルフの話が聞こえてくることは承知している。この話を聞かないですむのは、折原の酒場くらいだろう。

気がつくと、安田はフルーツに自分のグラスのブランデーと水をかけていた。おいおい、安田、おまえ、何をするんだ、と同級生が吃驚《びっくり》して注意した。同窓会では安田君と呼んでいた男に呼び捨てにされたり、おまえと言われるいわれはなかった。安田は二人の女が残していったグラスのウーロン茶もフルーツにかけた。完全に我を忘れていたが、不思議にもそのことを自分でも知っていた。

同級生が呆れたように顔をしかめた。それから、不動産屋に、こんな奴じゃないんだがと弁解した。高校のころは目だたない生徒で、と余計なことまで言った。

「よく犯罪者にいるじゃないですか」

安田は顔をゆがめて、白いものがまじった髪に手をやった。花水木に来るなかで、安田ほど実直そうな印象を与える客はほかにいないだろう。折原は安田にそういう印象を抱いている。七、八年前から週に一度はやってくる安田がここで顰蹙を買ったことは一度もなかったはずである。

「警察につかまった犯人を新聞が憎々しげに書きたてて、過去を暴《あば》くと、たいてい高校生までは目だたない、平凡なおとなしい子だったなんていう先生や近所の人の談話がのっていますよね。それでまた、私はかっとなって、こんどはフルーツを同級生に投げつけた。そのとき、私はにこにこ笑っていたんですよ」

するとなく、不動産屋がまず立ちあがって、同級生に何やら小声で言った。同級生も立ちあがり、安田に出ようと言い、テーブルからはなれた。

女たちがエレベーターに乗りこんで、三人を送ってきたが、安田はエレベーターの奥で小さくなっていた。店を出たとたんに、我に返ったのだ。同級生と不動産屋はつぎのクラブへ行ったが、安田は飲みなおしをしたい気持をからくも抑えて、新橋から地下鉄に乗り、船橋の家へ帰った。

「いや、お恥かしい」

話を終えて、安田は顔を伏せた。頭の天辺《てっぺん》が薄くなって、そこに低い天井にとりつけた電灯の光があたっている。

「安田さんがそういうことをするとはねえ」

清水は言って溜息をつき、上着を脱いだ。折原は暖房を弱くした。店のなかはまだ暖房が必要だけれど、桜の開花もそろそろである。来週には咲きはじめるだろう。去年は店を閉めてから、清水や麻里と連れだって、千鳥淵《ちどりがふち》の夜桜を見た。

「そういうことってはじめてですか、安田さん」

「いやいや。酒を飲みはじめたときから、それはもう数知れない。慚愧《ざんき》に堪えないというおもいがいつもあります」

「それで、我を忘れるなが安田さんの座右銘なのね」

麻里が同情するように言った。

「しかし、俺だってそういうクラブなんかに連れてゆかれたら、安田さんみたいになるんじゃないかな」

清水は言ったけれども、安田を慰めているわけではなかった。清水なら安田と同じ二の舞になるかもしれないと折原も思った。麻里がしゃんとなって言った。

「ね、夜の八時ごろ、外車を運転して裏通りにはいってくる女の人がいるでしょう」

「いるいる、ミンクのコートを着て、下卑《げび》た成金といった感じだけど、こっちが歩いていると、うしろから警笛をブーブー鳴らすの」

清水の言葉に安田がうれしそうに笑った。なんだか懺悔を終えたカトリック教徒か昔の殺人を自白した犯人のようである。

「あれも厭だけれど、タクシーで店に乗りつけるホステスがいるでしょう。銀座の裏通りは、夜は混んでるんだから、電通通りとか銀座通りでおりればいいものを」

「そうそう」

「私の考えすぎかもしれないけど、安田さんはそういうものに怒ったんじゃないかなあ」

「でも、顰蹙を買ったのは事実ですから」

安田は低姿勢である。会社でもこうなのではないかと折原は想像した。ただ、酒がはいると、ときには人が変り、まれに怒りを爆発させる。その怒りは急に生れたものではなく、本人が知らないうちに積もり積もったものだろう。

「安田さんを弁護するわけじゃないが」

清水が言い、氷がとけて薄くなったスコッチのオン・ザ・ロックスをぐっと飲んだ。

「安田さんはむしゃくしゃしてたんだと思いますよ、世の中のいろんなことに」

「そうだそうだ」

麻里が賛成した。

「やっぱり人間万事金の世の中で、ひそかに安田さんはそういう風潮に反発してきた」

「ドン・キホーテみたいに」

麻里に言われて、安田は照れた。水割を空けたので、折原は新しい水割をつくって、安田の前においた。ついでに、清水のオン・ザ・ロックスをつくってやった。

「ドン・キホーテなんてそんな。私はただ鞶靂を買っただけで」

「今夜の安田さんはあくまでも我を忘れずですね」

清水は笑いながら、まだ照れている安田をからかった。安田はなんどもうなずいた。

二階にあがってくる足音が聞こえてきた。男二人に女一人だと折原は扉が開く前にわかっていた。十年以上も同じところにいると、そんなつまらないことまで知ってしまう。耳が聞きわけるので、清水や麻里の足音はわかっているつもりだ。

三人の客は若い女をはさんで、カウンターに席を占めた。男の一人は一年ほど前から花水木に来るようになった水野という青年である。いつも三杯か四杯飲んで、さっと帰っていくのを折原は好ましく思ってきた。ほかの二人は今夜がはじめてである。水野と同じ会社に勤める同僚らしい。

二人の男はバーボンの水割を、色白の整った顔立ちの小柄な女はカンパリソーダを注文した。女というより娘といったほうがいい。彼女は折原に微笑を向けてきた。もう一人の青年もにこにこしていて、感じがいい。二人が娘に好意以上のものを寄せているのが見てとれた。彼女を見るときの目つきが二人とも熱っぽい。

水野という青年が、今夜は転勤する先輩の歓送会で、と折原に説明した。その流れで、彼は二人を誘ったらしい。こちらは安田と武藤ですと紹介した。

「酒飲みは嫌いかな」

長身、細面《ほそおもて》の武藤が娘に尋ねた。三人の前には飲物がおいてある。男二人は手をつけたが、娘はかしこまってすわっている。周囲が目にはいらないようだ。

「嫌いなときもあるし、好きなときもあります。父がお酒が好きなの」

「それで、好きで嫌いで……」

水野が笑いながら言った。

「ええ。酔っぱらって帰ったときなんか、酒飲みは厭だなあと思うし、二日酔で青い顔をしながら出勤していくときは、偉いなあと尊敬したくなるの」

「一人娘？」

武藤が訊くと、娘はうなずいた。

「じゃあ、おむこさんをもらうんだ」

娘はくすくす笑った。彼女にとって結婚はまだ遠い先のことに折原には思われる。まだ二十二か、三にはなっていまい。つやつやした素顔が眩しいほどに若い。

そのとき、折原は安田のようすに気がついた。そわそわしている。酔いがすっかりさめてしまったようだ。折原はなんとなく安田と娘を見くらべたが、二人は似てはいない。安田はどちらかといえば、いかつい顔つきだが、娘のほうは、女であるからというばかりでなく、優雅な感じがする。ただ、安田は子供が一人で、娘だということを折原は思い出していた。

「帰るから、勘定を」

安田が小声で言い、椅子からおりた。

「あれ、安田さん、もうお帰りになるの」

麻里の声が驚いたように大きかった。その声で娘が安田のほうに顔を向けた。

「お父ちゃん」

その声は麻里のよりも大きかったので、ほかの客がいっせいに娘と安田を見た。娘は椅子からおりて、安田のほうへ行った。

「典子、こんなところに来ると、お母さんが心配するぞ」

それが娘に対する父親の第一声だった。爆笑が起こった。折原も声をあげて笑い、久しぶりに笑えたような気がした。安田典子も口をおさえて笑っている。安田にしては上出来じゃないかと折原は思った。

麻里が典子のほうを向いて忠告した。

「そうよ、典子さん、お父さんが来るくらいだから、ここはよっぽど悪いところなのよ」

「麻里さん、それはないよ」

安田は言ってから、いっしょに来た二人の青年に近づいて、安田典子の父です、娘をよろしくお願いしますと丁寧に頭を下げて、二人をどぎまぎさせた。それから、娘を清水と麻里の前において紹介した。

清水は安田典子をみつめて言った。

「安田さん、お嬢さんは安田さんの傑作じゃないですか」

「なに、わがままが洋服を着てるようなもので。さ、典子、折原さんにご挨拶しなさい。この人には私も頭が上がらない」

まあ、お掛けになってください、と折原は親子に言った。シャンペンでもあれば、それをあけたい気持になっている。

しかし、照れる安田はすでにコートを着ていた。ポケットから財布をとりだし、あの三人分もと折原に小声で言い、カウンターに一万円札を二枚おいた。折原はこんなに多くと辞退したが、結局受けとった。後日、安田に靴下でもおくるつもりになっていた。

安田がまた律義に二人の青年に挨拶すると、重い扉を開けた。

「お父ちゃん、典子もいっしょに帰る」

安田典子が父親のあとを追った。

「水野さん、武藤さん、ご免なさいね」

二人が帰ったあと、清水が折原に言った。

「鞦韆を買っても、ああいう、いい娘ができるんですねえ」

「それは安田さんの品性がいいから」

麻里は言って、折原に笑みを見せた。

打ち明け話

眼鏡をかけた寺島という客は何ごとにもひとこと言わなければ気がすまないようだった。たまたまラーメンの話になって、坂井が、有楽町のある店のが好きだと言うと、すかさず寺島は、西麻布のなんとかいう店が最高ですよと自信たっぷりに断言する。

坂井は笑顔でいかにも我の強そうな寺島の言うことを聞きながら、スコッチのオン・ザ・ロックスを苦そうに口に含んだ。寺島はビールである。坂井がすすめても、ビールしか飲まない。三本目の中瓶が寺島の前にある。酒場に来てビールしか飲まないという客もいないではないが、はじめて覗いた酒場で意地になって、自分の存在を主張しているようにも見えた。

これが二十代か三十代はじめの小生意気な男だったら、折原も微笑《ほほえ》ましく思うところだろう。坂井より若いけれども、寺島はまちがいなく四十五は過ぎている。バーテンダーとしての折原から見ると、おとなしい坂井は、自分の頭の天辺から足の先まですべてを意識しているような寺島に話を合わせていた。

二人は食事のあとで花水木に来たらしい。坂井が寺島を誘ったのだろう。折原はピーナッツと柿の種の皿を出したが、二人とも手をつけていない。

二人で来た客がどの程度に親しいのか、折原にはだいたいわかる。はじめはわからなくても、聞こえてくる会話で想像がつく。

坂井と寺島は、折原の見るところ、一種の緊張関係にあるのだが、坂井はそのことに気がついていないようだ。坂井は寺島を見くびってはいないけれども、若僧と思っているところがある。寺島はそれを感じているのにちがいない。

折原はこの二人をなるべく見ないようにしている。視線を二人の左右やテーブルのほうに向けた。それでも、寺島の甲高《かんだか》い声が耳にはいってくる。

「坂井さんがニューヨークに行かれたのは先月ですか」

「いや、二月でした。寒かったですよ」

坂井の声はさえなかった。もともと、声は低いほうで、折原は坂井の注文を聞くとき、耳に手をあてたくなる。目だたない客だった。

「あわただしい出張で、四日間でした。寺島さんも行かれたんでしょう?」

「ええ、先月の二十日から一週間」

「やっぱり大手の商社はちがう」

事務器メーカーに勤める坂井はさらりと言ってのけた。寺島はうまそうにビールを飲みほし、自分でグラスに注いだ。

「なにかいいことありましたか。坂井さんはニューヨークにはなんども行ってるから、よくご存じでしょう」

たずねる寺島はにやにやした。笑うと崩れる顔だった。坂井はグラスを手にしたまま、しばらく思案した。

「案内された東八十一丁目のイタリア料理の店がよかったな。パスタがうまかった。もっとも、腹が空いてたから」

坂井はニューヨークの話をするのがなんとなく照れくさそうである。折原も坂井がニューヨークに行ったことがあるというのは初耳だった。アメリカなんかには無縁の客だと折原は思っていた。折原を相手にアメリカの話をしたことなど一度もない。

「なんという店ですか」

寺島は訊いたが、坂井はおぼえていなかった。知っていても、恥かしくて言いだせないのだと坂井のおそろしくシャイな一面を知る折原は思った。それでも、坂井は言った。

「ワインがおいしかったですよ。イタリア産でしたが、あれはうまいと思いました。高かったから、値段はおぼえてるんですよ。百七十ドルでした。もっとも、私はご馳走になっただけですから」

「高くないですよ」

寺島はいきおいこんで言い、ビールをぐっと飲んで、手で口の泡を拭いた。百七十ドルなら、一ドル百三十五円として約二万三千円と折原は計算した。東京のレストランでも高いほうだろうが、銀座には安いワインでも五万円というクラブがあると聞いている。

「僕が飲んだワインなんか三百ドルでした」

寺島の声に得意そうなひびきがあった。相手を見くだして優越感にひたっている。言葉つきは丁寧だけれど、人の上に立ちたいという気持がちらちらと見えてくる。折原は、寺島がワインを飲むことを知った。

「三百ドルか」

坂井は溜息をついた。

「百ドルというのは一万円札よりはるかに使いでがあるからなあ」

「でも、安いもんですよ。三人で三本空けたかな」

寺島はこともなげに言った。

「すると、食事代が千五百ドルというところかな。東京で最高級のレストランや料亭で食べるのと変らない」

坂井の声にかすかな皮肉がこもっている。坂井は相手に話を合わせるが、隅におけない男だと折原はみてきた。おそらく寺島は坂井の表面しか知らないのだろう。

「キャヴィアがおいしかった」

「ペトロシアンですか、キャヴィアの料理で有名な？」

「そうです、よくおわかりで。さすがに坂井さんだ」

寺島は坂井をほめたが、実は相手が知っていたので、それがうれしかったらしい。ペトロシアンがレストランの名前だと折原にもわかった。ただ、二人の話を聞いている自分が厭になっている。どうして寺島に関心を持つのか、そこがわからない。バーテンダーとして、こういう客も理解しておきたいのか。最近は花水木に変った客が来ないから、折原にとっては天下泰平だったのだ。

「坂井さんもこんどニューヨークに行ったら、あそこで一度は食事すべきですよ」

寺島の機嫌がいっそうよくなった。逆に坂井のほうは疲れが出てきたようで、目がしょぼついている。

「私には高すぎる。イタリア料理で十分です。それに、昼めしにバーで食べたハンバーガーがどこもおいしかった。ハンバーガーというのはビールによく合う。そうじゃないですか、折原さん」

坂井がそれとなく助けを求めているのを折原は感じた。こういうとき、客に清水か麻里がいてくれればいいのだが、二人とも今夜はあいにく来ていない。雑誌の編集で残業しているか、それとも近くのジョリーか八丁目のまりえで飲んでいるのかもしれない。

「坂井さん、なんならハンバーガーをつくりましょうか」

折原は遠慮がちに言った。バーテンダーは出しゃばってはいけないとつねにわが身を戒めている。

「いや、このつぎにしよう。寺島さん、ここのハンバーガーはいいですよ。肉がレアのがおいしい」

寺島はやはり満腹なのか、坂井の言葉に反応しないで、折原にビールを、と注文した。折原は冷蔵庫から瓶を出して、寺島の前においた。四本目であるが、この分なら半ダースは軽いだろう。明日はビールを少し仕入れなければなるまい。花水木は折原ひとりでもちこたえてきた、小さな酒場である。

小さいから、すぐに客でいっぱいになる。扉が開いて、客が二人はいってきたが、折原は、すみませんと頭を下げた。客の一人が、じゃあ、あとでと言って、階段に足音をひびかせて去った。

寺島はグラスに新しいビールを注いでから、店のなかを見まわした。眼鏡の奥で値踏みするような目つきである。坂井は折原に笑顔を向けてきた。

「このつぎにいただきますよ」

坂井が言ったのは、ハンバーガーのことである。坂井のことだから、きっとこのつぎに来たときは、ビールにハンバーガーを注文するだろう。

寺島が店のなかを無遠慮に見るのをやめて、坂井に言った。

「ペトロシアンはいいですよ」

「私はいつも素通りするだけです」

坂井は折原がつくった三杯目のオン・ザ・ロックスのグラスを手にとった。それから、グラスのなかをじっと覗いた。

「私は安いところが好きなんですよ、寺島さん。だから、この酒場に来る」

「ここが坂井さんの行きつけの酒場ということですか」

「ええ。ニューヨークでもこういう酒場に行くんです」

「ニューヨークに行った甲斐がないじゃないですか。僕がペトロシアンに行ったのも、ああいう店が東京にはないからですよ」

「私と反対ですね。これは寺島さんが若いからだ。私は新しい、まあ、新奇なところはだめなんだ」

「ペトロシアンは新奇じゃないですよ。パリの出店ですが」

「そうでした」

坂井はかるく受けながした。折原は俯いて笑った。

突然、寺島が尋ねた。

「坂井さん、浮気したことは」

カウンターの客は坂井と寺島の二人だけになってしまったが、二つのテーブルを占める六人の客はまだ帰らない。静かに飲んでいて、ときどき楽しげに笑う声だけが大きい。

坂井は眉間に皺をよせたが、すぐに切り返した。

「寺島さんこそどうなんですか。あなたはもてるから」

「もてませんよ」

「おたがいさまだ」

「ニューヨークではエイズが怖くてね。でも、いい女がいるなあ。ペトロシアンで、となりのテーブルに美人がいた」

それが忘れられないのか、寺島は遠くをみつめる目つきになった。折原は寺島の意外な顔を見るような気がした。しかし、酒がはいれば、もう一つの顔を見せてくれる客が多い。折原自身、自分にも二つの顔があると思っている。その一つは店では誰にも見せていない。見せることを彼自身に禁じてきた。

「坂井さんは陰でこっそり遊んでるような気がするな」

寺島はカマをかけているのだった。酔ったいきおいで、相手の私事のなかに踏みこんでくる。折原がつい口をすべらせてしまった。

「坂井さんは愛妻家ですよ」

余計な口出しをしてしまったが、店の常連を弁護したい気持がはたらいていた。坂井はここで女の話をしたことは一度もない。

「いや、それはちがう、折原さん」

坂井は手を振って否定した。その仕種が滑稽だったので、寺島も折原も笑った。坂井も苦笑いをもらした。

「じゃあ、なんなんですか」

寺島が訊いた。

「恐妻家ですよ」

「古いなあ、坂井さんも」

寺島は明らかに軽蔑したけれども、折原には子供のころに聞いた、懐しい言葉である。だが、坂井は恐妻家ではない。年に二度、休暇をとって、夫婦で骨休めに温泉に行くと聞いている。坂井がその話をするとき、勤めを持つ妻をいたわっているのがわかった。

坂井さんは相思相愛じゃないですかと客の一人が冷やかしている。そのことを知らない寺島は坂井とそれほど深いつきあいではないのだろう。また、これから親しくなるということもないだろう。

「僕は女房とやる気はしないな」

寺島は吐きすてるように、坂井の質問に答えた。妻の話をするのがいかにも不愉快そうである。糟糠《そうこう》の妻という言葉が折原の頭のなかをかすめていった。

これは折原の癖であるが、結婚している客を見ると、彼の妻はどんな女なのかと想像する。坂井の妻の姿も想像した。

「でも、寺島さんは男ざかりだ」

坂井は言って、グラスを口にはこんだ。たしかに、寺島の顔は脂でてかてか光っている。坂井のほうは脂気の抜けた顔である。

「ソープにでも行ってるんですか」

坂井がおだやかに尋ねた。相手に話を合わせているばかりでなく、切り込んでいる。

「嫌いですよ、あんなとこは」

「じゃあ、特定のひとがいるんですか」

「そんなのがいたら、こうやってビールばかり飲んだりしてませんよ」

「それは悪いことをした」

寺島はそれに対して、何も言わなかった。かわりにビールを飲みほし、自分でグラスにまた注いだ。四本目のビールがなくなったけれど、折原は知らん顔をした。

「わからないものだな」

坂井は呟いた。折原はその言葉の意味がわかったつもりである。

唐突に寺島は坂井に訊いた。

「奥さんとのセックスはまだあるんですか」

「ありますよ」

すぐに坂井は答えた。まだあるんですかと言われたのが癇《かん》にさわったらしい。まだ、というのはいかになんでも失礼だ。寺島はまだ坂井をみくびっている。

「奥さんとのセックスは楽しいですか」

寺島は執拗だったが、坂井のほうはちゃんと受けて立った。

「これは難問だ。まあ、楽しいですよ」

「僕は女房とやるくらいなら、マスターベーションをしますよ。そのほうがいいんだ」

折原は坂井と顔を見あわせた。その昔、マスターベーションをしているところを細君に見つかり、それが原因で離婚した男を折原は知っている。花水木の客だった。その男は数年前に再婚して、店に来なくなった。

その客は酔うと、折原になんどでも打ち明けた。寺島ももしかしたらそういう客なのだろう。酒の力というのはすごいと折原は思う。酒場で秘事を打ち明けた客は翌朝、目がさめて悔やむにちがいない。しかし、寺島という服装のきちんとした男はどうか。

「ビール」

寺島は折原に注文した。折原は無言でまたビールをとりだして、カウンターにおいた。テーブルの客たちは小声で喋っている。もっとはしゃいでもいいのだが、いやにおとなしい。むしろ、少し開けた窓から聞こえてくる自動車や人声のほうが騒々しかった。

坂井が寺島のグラスにビールを注いでやった。寺島はそれを黙って飲んだ。

「これをいただいたら帰りますか」

坂井は誰にともなく言った。二人がここに来てから、かれこれ二時間近くになる。二時間は坂井にとっては長すぎるだろう。いつも一人で来る坂井はせいぜい花水木にいて一時間だ。

「もう一軒つきあいませんか」

「いや、私はそろそろ失礼します」

坂井はこれ以上つきあう気がないのだった。時刻は十時を過ぎている。坂井がいつも来るのは七時ごろだ。折原の推測であるが、坂井は妻と待ち合わせて帰るために、花水木で時間をつぶすのかもしれなかった。

坂井さんがきれいな女性と銀座を歩いていた、と清水が折原に言ったことがある。あれは奥さんですよ、似合いのカップルでしたと報告した。

「お帰りになるなら、車を呼びますよ。車でお帰りください」

寺島は言って、ポケットから財布をとりだし、チケットを抜こうとした。坂井は手を振って、それを断った。

「電車で帰ります」

「遠慮しないでくださいよ」

「遠慮はしてない。ここから帰るときは、いつも電車なんです。新橋か銀座から地下鉄に乗って、日本橋から東西線でしてね」

「じゃあ、もう一軒行きましょうよ」

こんども坂井は断った。折原は二人のやりとりをそれとなく見ていた。坂井が寺島を嫌いながら、同情しているのがわかった。何に同情しているのか、そこまではわからなかったが、二人の会話の結末は予測できた。案の定、寺島が言った。

「僕はもう一軒寄ってゆきます」

それが別れの挨拶だった。寺島は椅子からおりて、扉まで行くと、そのわきにおいた自分の鞄を持ち、お先にと坂井に言って、扉を開けて、あっさり出ていった。

「気の毒に」

坂井はひとりごとのように呟いた。それから、オン・ザ・ロックスを飲んだ。いかにもほっとしたらしい飲み方である。

折原はいろんなことを訊いてみたかったが、黙って自分の酒をつくった。桜の時期も過ぎて、ホットウィスキーはやめている。氷を入れないスコッチの水割を飲んだ。

「彼は仕事ができましてね」

坂井が折原に話しかけた。折原はグラスを手に持ったまま、うなずいた。

「まもなく部長になるでしょう。うまくいけば、取締役だ」

マスターベーションをする取締役かと折原は意地悪く思った。その意地悪な考えが顔には出ないようにしている。折原はさりげなく訊いてみた。

「あの方はビールとワインしか召しあがらないのですか」

「さあ、それは知らなかった。まだ二、三度しか会ってないんで、彼のことは何もわからない。

ただ、今夜で少しわかりました。酒は飲むべしですね」

「ええ」

「いっしょに飲んでみると、こいつとつきあえるか、つきあえないか、よくわかる。もっとも、つきあいたくなくても、仕事でつきあわないわけにいかなくなる。もう一杯いただこうかな、折原さん」

「どうぞどうぞ。私もおつきあいします」

「仕事抜きで」

顔を見合わせて、愉快そうに笑った。

初夏の客

十二時を過ぎて、客は帰ってしまった。水が引くようにとはこういうことだろうが、おかげで折原も一息つける。さっきまで飲んでいた客もいまごろは終電に揺られながら、タクシー代が助かったと安堵しているだろう。

今夜は若い客が多かった。折原にとっては歓迎すべきうれしいことだ。客層が中高年ばかりでは、店が先細りになってゆくようで心もとない。若い客が少々ハメをはずしても、折原は大目に見ている。内心はその若さが羨しいのだ。その気持が最近はだんだん強くなっている。街で姿のいい女に会ったときなど、以前に客の藤田が言ったことをかならずといっていいほど思い出す。

「ねえ、折原さん、あんたはどうかわからんが、私のきんたまなんぞ、いくらいじってみたって、ピクリともしないよ」

藤田はにたにたしながら、そう言った。それが他人事ではなくなりつつあることに折原は気づいて、ぎょっとする。あれが立たないと気がついたときには、もう手おくれでね、折原さん、と藤田は酔った赤い顔をゆがめて、またにたにた笑った。

バーテンじゃなく、バーテンダーと言ってもらいたいね、とぼやいた、あの藤田である。折原はこの言葉を徳としてきた。バーテンというと、どうしてもポマードで髪を光らせた、顔の生っちろい細面の男を連想する。

藤田はこのふた月ばかり顔を見せていない。消息も聞かなかった。藤田がフランスに留学させたという、気の弱そうなヴァイオリニストの息子はどうしているだろう。

折原は老眼鏡をかけ、木の椅子にすわって、熱い焙じ茶をすすりながら、夕方数寄屋橋の新聞スタンドで買った競馬専門紙を睨んだ。そのスタンドの白い野球帽をかぶったおばさんとは顔なじみである。

明日の土曜日は午後から錦糸町か浅草に出かけて、馬券を買うつもりでいた。折原が住む門前仲町からはそのどちらにもバスが出ているから、バスで行ってもいい。

折原は七レースの出馬表を見ている。家を少し早めに出て、その七レースに出走してくるダイセンという牝馬《ひんば》の単勝を買ってみたかった。まだ一勝しかしてない四歳牝馬のレースである。

二週間前、折原は六を狙い、ダイセンの単勝を買って失敗した。その二週前の初出走は好位差切《さしき》りで勝ったのだが、次走は折原の期待も空しく、十八頭立《だて》の大差殿《しんがり》負けを喫した。折原はこの大敗を二走ぼけとみて、再度この馬を追いかけてみる気になっている。

同時に、勝てないだろうとすでに諦めかけてもいた。ダイセンより強そうな馬が二枠や三枠、七枠にいる。

競馬で儲けようなんて思っちゃいけませんよ、と言った藤田の声が聞こえてくるようだ。バクチで儲けるんだったら、胴元にならなければ、と藤田はしたりげに言った。

「マイヤー・ランスキーというアメリカのギャングは少年のころ、さいころバクチでそのことに開眼して、のちにラスベガスに賭博場をつくったんですよ。バグジー・シーゲルなんてその手先でね、黒幕はマフィアに資金を出させたランスキーなんです」

藤田はそう言ったけれど、この話が真実かどうか、折原は知る由もないし、どうだっていいと思っている。藤田は元銀行員のくせに、ときどきそういう怪しげな話をして、折原や客をけむに巻いた。ただ、折原は、ある一頭の馬に賭けるとき、その金額は僅少ではあるけれど、美人でもなく、といって気だてがよいわけでもない女を口説いて、ソデにされるような気がする。藤田に言わせれば、折原はこと競馬に関しては敗北主義者なのである。そういう人にかぎって、穴を狙い、負け馬を買うんですよ、と藤田は顔をくしゃくしゃにして言うのだった。

競馬も人の気持と同じようにわからない、と折原は思う。だから、胸がわくわくするほどおもしろく、そして口惜しいおもいをするのだと思う。

顔にあたる風を感じて、折原は窓のほうに目をやった。誰か客が窓を少し開けたのか、そこから快い風がはいってくる。熱い焙じ茶と五月の微風がぴったりと合っている。

車の通る音と人声がまじり、ここは銀座のはずれであっても、まだ賑やかな街なかである。これが山のなかだったら、あたりは闇に包まれ、しんと静まりかえっているはずで、折原は深夜の街のくぐもったような騒音に親しみをおぼえる。

それに、一年のいまごろの夜が好きだ。シャツ姿で寒くもなく暑くもなく、風がここちよいというのは、素晴しい夜だと思う。

階段をあがってこの二階に来る足音はしなかったが、扉が開いて、裕子がひょっこりはいってきた。彼女に会うのは何ヵ月ぶりだろう、相変らず痩せていて、仕立のいい白地に小さな草花を散らしたドレスを着ている。

「また美しくなったんじゃないですか」

裕子に対しては素直にお世辞が言える。このママには、折原や客にお世辞を言わせる気やすさと頼りなさとがある。

「だから来たのよ、久しぶりに折原さんのお世辞を聞きたくて」

裕子はカウンターの椅子にすわると、はにかんだような笑みを見せた。彼女の酒場の常連はたいていこの微笑にまいってしまうようだ。自分のすべてを理解してくれる女だと単純に思いこむ。

これは裕子の特技ではなく人柄というものだろう。折原は酒場のマダムを何人か知っているが、裕子はそのなかで一番水商売に向いていると信じている。ただし、彼女のほかの点についてはわからない。

「今夜はお客がたった二人。それで、おしまいにしたの」

裕子は、折原のつくった水割を飲んだ。グラスで形のよい受け口が隠れ、目が笑っている。

「珍しいこともあるもんですね」

折原は焙じ茶をすすった。今夜はまだ一滴も口にしていない。連休のころからいささかストイックになっている。

「折原さんとこは?」

「終電前まではいっぱいでしたが、いまはごらんのとおり。もっとも、裕子さんのお店とは格がちがうから」

卑下して言ったのではない。裕子の店は資生堂パーラーの裏通りのビルの三階にある。三階建だからエレベーターはないが、繁昌していて、二十代から四十代までの客が多い。客の多くは二、三度、裕子の酒場で飲むと、彼女に秘密を打ち明けられた気になるようだ。この花水木の常連である編集者の清水がそう言ったことがある。

「そのくせ、あのママは何も喋っちゃいないんですよ、折原さん。熊本の出身だというけれど、熊本のどこなのかはわからない。ただ、年齢を隠さないし、客のほうは、おれはここの大事な客だという気持になるんです。ママがそういう気にさせるんですね」

裕子が実は無口だということを折原が知ったのは、彼女がここに来るようになって、だいぶたってからだ。裕子がこのカウンターで客と飲んでいるとき、相手の話に合わせるのがうまいと思ったけれでも、裕子が帰ってしまってから、何も喋っていないことに気がついた。

裕子は聞き上手なのだ。しかし、折原はそれだけではないような気がした。自分のことを話したくないのかもしれなかった。酒は強いほうだが、それで饒舌になることもない。

「いい風がはいってくるわ」

裕子は窓のほうを見て、椅子からおり、少し開いた窓まで行くと、大きく開けて、下を覗いた。店のなかの空気がたちまち入れかわるのを折原は肌で感じた。

「金曜日なのにもう空車が通ってるわ。やっぱり不景気なのかしら」

裕子は折原のほうを見て笑っている。笑くぼができて、若く見えた。年齢は三十一二だと折原は聞いている。

裕子はもどってきて、椅子に落ちつくと、グラスを手にとった。折原は彼女の顔を見ながら、清水の言葉をまた思い出した。

「適当に美人だ、と言いますかね。裕子ちゃんのことですよ。目鼻立ちがはっきりしてるけど、なんか足りないでしょう」

こういうときは、折原は聞き役にまわる。自分の意見は差しひかえなければいけない。

「美人じゃないんだけど、美人に見せちゃうんだなあ、彼女は」

折原も同感だったが、笑ってごまかした。清水はよく見ていると思った。毎夜のように酔っていても、見るべきところはちゃんと見ている。

いま、折原には裕子が、清水が言ったとおりに見えた。美人ではないのだが、自分を美人に見せている。鼻だってもう少し高くていいし、肌にもっと艶が欲しい。

裕子に何を聞きたかったのか、折原はようやく思いあたった。それがなんでもない質問なので、聞くのをやめようかと思ったほどである。

「藤田さん、お元気ですか」

そう尋ねたのは、今夜は客がいなくなってから、たまたま藤田のことを思い出していたからだ。ふだんは忘れている人のことが、あるときにかぎって気になる。

たとえば、四丁目から店に来るとき、しばらく顔を見せていない客の顔が頭に浮んできたりすると、その客と数寄屋橋の交差点なんかでばったり会うことがある。

「あら、ご存じなかった？」

裕子がいぶかしげに眉をひそめた。裕子の眉は女にしては濃いほうだろう。

「何かあったんですか」

「じゃあ、知らなかったのね」

「何を」

「亡くなられたのよ、つい先日」

「まさか」

信じられなかった。折原はおぼつかない記憶をたどってみた。バクチで儲けるんだったら、胴元にならなければとわけ知り顔に言ったのは、たしか三ヵ月ばかり前のことだ。二月にしては生暖い夜だった。藤田が持ちこんだルーマニア産のブランデーがまだ戸棚に残っている。

「嘘じゃないわ。あたし、お葬式に行ったんですから」

折原は何か言いたかったけれども、言葉が出てこなかった。こういうこともあるのだとしんみりした気持になっていた。

「まさか」

もう一度言ってしまった。ほんとうに、まさか、だったのだ。

「淋しいお葬式でしたよ。お坊さんがひとりでお経をあげてた」

「そうですか」

階段に重い足音がした。今夜の清水さんはだいぶ酔ってる、と折原は思った。下のほうから、大丈夫、と聞いているのは関口麻里の声だ。

扉を開けた清水の目がとろんとしている。雑誌が校了になって、あちこち飲みあるいていたのだろう。

「新宿から来たんですよ」

清水は呂律《ろれつ》がまわらなくなっているが、裕子のとなりにちゃんとすわって、彼女に挨拶した。

「何も食べないから、酔っちゃったのよ。新宿でずいぶん飲んだのよ、折原さん」

今夜はお守《も》り役の麻里はしっかりしていて、清水の横の椅子にすわった。折原は、お茶にしますか、と麻里に聞いた。

「あたしはいただきますよ。清水さんはお茶がいいわ」

しかし、清水はカウンターにうつぶせになって、すでに寝息をたてている。銀座にもどって、花水木に寄ることができて安心したのだろう。

折原は麻里にバーボンのソーダ割をつくってやった。麻里はのどが渇いていたのか、それとも暑いのか、うまそうに飲んだ。もともと飲みっぷりがいい。裕子とはいい勝負だろう。麻里もまた裕子の酒場にはよく行っている。清水が勤める出版社の編集者たちの、もう一つのたまり場なのである。

「麻里さんに藤田さんのこと、お話ししなかったかしら」

裕子が麻里のほうへ身を乗りだすようにして聞いた。いいえ、と麻里はくびを振った。

「亡くなられたのよ。心筋梗塞で」

「藤田さんが？　まさか」

麻里も折原と同じように藤田の死が信じられなかったらしい。

「どうして？」

折原も腑に落ちない。バクチの話をしたときの藤田は元気そうで、とても病人には見えなかった。

「ワンルームのマンションでひとりで死んでいたらしいわ」

裕子は言って、どこで聞いたのか、藤田が亡くなる前後のいきさつを、麻里と折原の顔を交互に見ながら語った。自分自身のことではないからか、ひとりで喋った。清水は眠っていた。

藤田は妻子と別居していた。追いだされたらしいことが裕子の口ぶりでわかった。藤田の妻は定年退職した夫に見切りをつけたのだ。ロサンゼルスの支店長をつとめたのちに退職したから、退職金は相当な額だったが、その退職金のなかから、ヴァイオリニスト志望の息子に二千万円か三千万円もするヴァイオリンを買ってやり、その上、パリに留学させた。こういうことは本人が酔って吹聴している。それでも本人が毎晩のように銀座を飲みあるいたのは、退職金のほかに、かなりの資産があるからだと折原も聞いた。

「奥さんに愛想づかしをされて、ひとり住まいするようになったのね」

裕子が説明すると、麻里が言った。

「夫婦なんてセックスがなくなったら、何が残るのかしら。何も残らないわね」

「あたしは結婚してないから」

裕子が言ったので、折原は笑ってしまった。麻里も笑った。

「あたしは離婚しちゃったから」

「奥さんは息子さんに夢中だったのね」

裕子はあとをつづけた。

「藤田さんのことなんかどうでもよかったみたい。お葬式だって、こんなに質素なのがあるかしらと思ったくらい。ほんの形だけで、藤田さんが気の毒でしたわ」

ワンルームでひとりで死んでいたというのも淋しい話だ。四月は桜が散ったあとも寒い日がつづいたから、藤田は暖房のスイッチを入れたまま、死後一週間たって死んでいるところを発見された。藤田の妻が見つけたのではなく、不審に思った管理人が気づいて、大騒ぎになったらしい。

「奥さんとは話したんですか」

折原は聞いてみた。ほかにもまだ知りたいことがある。

「ちょっとね。息子さんは黙ってた」

裕子は言って、また笑くぼをつくった。

「奥さん、さばさばした顔をしてたんじゃありません？」

麻里は無遠慮になっていた。もともと藤田に対しても遠慮するところがなかった。ヴァイオリニスト志望の息子を花水木に連れてきたら、私が鍛えてあげる、と藤田にずけずけ言っている。

折原は麻里といっしょに、その息子のリサイタルに行っているが、見るにしのびなくて、途中で出てきてしまった。リサイタルは大失敗だったのだ。そういう息子に何千万円もつかって、余生を賭けた藤田に麻里は腹をたてながら同情していた。

「あの息子にはいいお父さんだったのに」

麻里は言って、折原にお代わりを注文した。折原もお茶をやめて、ウィスキーを飲みたくなっている。強い酒でも飲まなければ、気持がおさまらない。

息子に裏切られ、妻に愛想づかしをされた元銀行員だ。本人にとっては、それは予想外のことだったろう。年齢をとって、退職金と資産で好きな酒を飲みながら、余生をのんびりと過してもいいときに、自分の足もとから土砂崩れに似たことが起きてしまったのだ。

それで、藤田の足は銀座から遠のいてしまったのか。折原が痛ましく思ったのは、藤田の死を裕子しか知らなかったことである。眠っている清水やバーボンのソーダ割を飲んでいる麻里が、これはとうに知っているべきことだ。

それが噂にもならないほど、藤田は忘れられていた。知っていたら、折原はきっと葬式に顔を出していたと思う。安もののブランデーを折原や裕子の店に持ちこんで、それをちびちび飲んでいた藤田は、けちな客だった。けれども、相手が藤田だから、裕子も折原もそれを黙認してきた。そういう客がいても、折原の酒場では不思議ではない。

すわっただけで五万円も十万円もとられるクラブという店が銀座にはあって、一方には藤田のように老後も大威張りで飲めるような、小さな酒場もある。

「哀しいですね」

折原は二人の女に言った。棚からスコッチの瓶をとって、グラスに注ぎ、水をたらして、一口飲んだ。それは、ひとまわりほど年齢が下の折原の心に沁みわたっていった。同時に熱くて苦いものがこみあげてきた。

「いい人でしたね」

「いい人だから困るのよ」

麻里が折原にまぜっかえした。彼女もここに来て、はじめて酔う気になり、酔ってきたらしい。

「酒飲みって、みんないい人なのよ」

裕子が笑くぼをつくって、折原に言った。

「そうよ、そうよ」

麻里が同調した。

「でも、夫婦なんて他人なのよね、ね、折原さん」

折原は答えなかった。柄にもなく、藤田の冥福を祈る気になっていた。戸棚を開けて、藤田が飲みのこしていったブランデーの瓶をとりだし、まだ眠っている清水の前においた。裕子がその瓶を胸に抱くようにした。

休日

折原がひとりでビールをゆっくり飲んでいる。暑いところを歩いてきたので、最初の一杯は一息で飲んだが、ビールは小瓶だったから、なるべく時間をかけることにした。日曜日であっても、昼から飲むのは避けている。

混んでいれば、早々に引きあげるつもりでいたが、蕎麦屋は午後一時を過ぎて、客は奥に家族連れが一組いるにすぎない。枕橋をわたり、超高層の墨田区役所の前を通って、道を曲ったら、藪の暖簾《のれん》が目にはいって、折原ははいってみた。そのとき、小瓶ならいいだろうと思ったのだ。

折原は大きく切った茄子《なす》の漬物に箸をつけた。冷くて歯ざわりがよく、夏が来たのが感じられた。ここまで足をのばしてきて、よかったと思う。シャツだけで来たのも正解だろう。そのシャツ姿が自分に合っているかどうかはわからない。

折原を酒場のバーテンダーとみる人はいないだろう。十時過ぎにアパートを出るとき、洗面台の鏡にうつった顔は定年間近のくたびれたサラリーマンに見えた。金銭や出世に縁のない顔である。

戸が開いて、あら、という女の声がしたので、折原は振りかえった。関口麻里が浴衣《ゆかた》を着て立っている。

折原は眩しいものでも見るように目を細めた。麻里は花水木で飲んでいるときとまったくちがって、楚々としていた。朝顔の花を散らした浴衣に橙色の帯をしめて、素足に下駄、かるく口紅を引いただけの顔が生き生きとしている。大きな顔に浴衣がよく合った。

「おひとり?」

折原が訊いた。職業意識というのか、自分の店に客を迎えたつもりになっている。まもなく蕎麦屋にいることに気がついた。麻里はうなずいて言った。

「折原さんもおひとり?」

よかったらどうぞ、と折原は前の席をすすめた。麻里が椅子を引いて、しとやかにすわった。仕事や酒場からはなれると、そういう挙措《きょそ》動作が身についているように折原には思われた。

若い女が注文を聞きにきたので、折原はビールの小瓶とグラスを頼んだ。ビールとグラスが来ると、グラスを麻里の前において、ビールを注いでやった。細いのどにしわが二本見えた。麻里は半分ほど飲んで、ああ、おいしいと言った。汗はかいてないが、彼女も暑いところを歩いてきたのだろう。

「坊やは？」

折原は麻里の息子のことを訊いた。もうずいぶん会っていないが、謙一という名前はおぼえている。

「家においてきたの。折原さんはどうしてまたこんなところへ？」

意外だという麻里の表情である。折原にしても彼女とここで会うのは意外であるが、麻里はこの土地に合っている。

「浅草まで来たついでに、久しぶりに吾妻橋をわたってみたんですよ」

折原は説明しながら、職業意識から抜け出していた。すでに解放感に似たものを味わっている。いつもとちがう麻里の顔を見て、くつろいだ気分になったのかもしれなかった。店では沈黙を守るという、自分自身に課した自制心もここでは不要である。

「馬券を買いに、バスで浅草に出たんですよ。麻里さんは競馬がお好きだったかな？」

「いいえ。でも、浅草に場外馬券の売場があることは知ってるわ」

「馬券を買う前に、学生のころから浅草に来れば寄っていた喫茶店で珈琲にホットケーキの朝めしをすまして、馬券を――」

「その喫茶店、どこにありますの」

「なんなら、時間があれば、案内しましょうか。浅草で知ってる店は、私にはそこぐらいしかない」

「行ってみたいわ。私、暇はあるのよ。いま、別れた亭主に会ってきたとこ。彼、向島に住んでるの、母親を引きとって」

別れた夫が再婚して、男の子が生れたことは折原も知っている。麻里が彼と別れたいきさつも噂には聞いているが、こういうことは当人同士にしかわからないものだ。いや、当人にだってほんとうはよくわかってはいないかもしれない。

麻里はのどが渇いていたのか、小瓶をたちまち空けてしまった。折原がもう一本注文しようとすると、麻里は悪戯《いたずら》っぽい微笑を浮べた。今日は有能な編集者に見えないのは、彼女もまた仕事を忘れているからだろう。

「お酒にしません？　大好きな折原さんに会ったんだから、お勘定は私がもつわ」

そういうわけにはいかない、と折原は言って、冷酒と天ぷらを注文した。昼酒は慎むことにしていたのに、それが無理なように思われてきた。

新しく二組の客がはいってきたが、奥の家族連れは天ざるを食べて帰っていった。麻里はビールの小瓶など水を飲んだかのようにけろりとしている。

「折原さん、なんで別れた旦那に会ったと思います？」

「何かこみいった話でも」

「それはとうの昔にすんだの。お金の問題はなかったから。彼に盥《たらい》を届けてきたのよ」

「タライってあの盥？」

「それも木のやつよ」

折原は苦笑いを浮べた。土地柄であろうか、木の盥がまだ残っている。麻里もまた折原と同じく門前仲町の住人であるが、ただし、どちらもアパート住まいだ。

「いやんなっちゃうわ」

麻里はぼやいたが、おもしろがっているようでもあった。くすくす笑っている。

「子供の躰を洗ってやるときに使うんだって。これからはシャワーだけにして、お風呂にはいらないおうちが多いでしょう。だからなんですって。それにしても、盥が私んところにあるなんて、彼、よくおぼえていたわ。女みたい」

「いまでもそうやって、つきあってるんですか？　知らなかった」

「ときどき私に電話をかけてくるのよ。謙一が着てた洋服をくれとか、おもちゃをくれとか。細かいんだから。本人はリサイクルしてるつもりらしいけれど、こっちは情けなくて」

折原が笑っているときに、冷酒がはこばれてきた。それに、また蕎麦味噌。

一口飲んで、麻里が、おいしい、とまた言った。折原もビールを飲んでしまったので、酒に口をつけた。たしかにうまいのだけれど、こううまくては困る。今日はそんなつもりで、吾妻橋まで来たのではなかった。ビールの小瓶一本と蕎麦だけで帰り、家でラジオの競馬放送を聴くはずだった。しかし、相手が麻里であっても、女と二人きりで蕎麦屋で酒を飲むのはたえてなかったことである。

「だから、別れたのかな」

つい折原は言ってしまった。麻里は目を大きく見開いて、かわいらしくうなずいた。小さなグラスの酒がもうなくなっている。折原は注いでやった。

「そうなのよ。でも、あれは私の浮気が原因かなあ」

「浮気というと?」

「ご存じないの」

「知るはずがないでしょう」

「清水さんあたりがしゃべったんじゃないかと思ってた」

同じ編集者の清水は麻里の同僚であり、折原の酒場の常連である。清水のような、若いのに酒品がいい客が来てくれるのを折原はひそかに恩に着ていた。

「これは私のお友だちの話ですけどね」

そう言って、麻里はある情事の話をした。

「彼女は男に会うたびに、もうやめようと思うんですって。子供も四月から学校だし、こんなことはいけないって。すると、ご亭主が出かけたあとで、電話がかかってきて、ふらふらとホテルに出かけてゆくの」

麻里の顔がぽっと赤くなっている。昼の酒はきくらしい。折原もちょっといい気持になりかけている。

「それで、男と別れてから、もう二度と会うまいと決心して、でも、すぐに家に帰る気にもなれなくて、デパートを覗いてみるの。で、なぜか学用品売場に行っちゃって、息子のランドセルを買っちゃうのね。そうすると、自分が何をしているんだろう、とばかみたいな気がしてくるんですって」

「その人とは切れたのかな?」

麻里がひとりで喋っていたので、折原も口をはさんだ。バーテンダーとして酒場にいるときの折原とちがっている。

「もちろん切れました。本気でしたけどね」

麻里はグラスを空けた。折原はお代わりを注文した。

「お酒がだんだんおいしくなるわ。折原さんだと安心しちゃって」

折原はまた苦笑を浮べた。安心されては、もう男のうちにははいらないのだと思った。


「お友だちの話だって言ったの、折原さん、すぐにわかったでしょ」

「麻里さんらしい」

「あれ、私のことよ」

恋人でホテルと束の間の時間を過したあとで、息子のためにランドセルを買うなんて、麻里ならやりそうなことだ。そのことを正直に話すのも、折原の周囲では麻里しかいないだろう。

麻里は折原のアパートの部屋にいる。食卓にウィスキーの薄い水割が二つ。折原がわざと薄くした。麻里はかなり酔っている。

蕎麦屋で彼女は三合は飲んだろうか。はじめはしゃきっとしていたが、しだいに目がとろんとしてきた。折原さんのアパートを見たい、と麻里は言った。彼女が行ってみたいと言った喫茶店に案内しようと折原が言っても、駄々っ子のように、折原のアパートを覗いてみたいと繰り返した。

すっかり折原に気を許している。折原も悪い気はしなかった。

「私は失敗ばっかり、仕事でも私生活でも。三十三にもなって」

「厄年だからね」

厄年をとうに過ぎた折原は気楽に口がきける。ひとり住まいのこのアパートを訪れた女は麻里がはじめてだろう。

「厄年のせいじゃない。ばかなのよ、私って、だから、折原さんの迷惑も考えずに、押しかけたりするんだわ」

「わかっていれば、いいんだ」

「ご迷惑?」

「いや、歓迎してますよ」

「ほんとに?」

「いやだったら、はっきり断ってた」

「そうね、折原さんなら、きっとそうだと思うわ。あなた、頑固だから」

麻里は水割をぐっと飲んだ。あなたと言ってしまって、気がついたのだろう。折原は知らん顔をして言った。

「麻里さんがばかだったら、私はもっとばかだな。ただ、表面をとりつくろっているだけですよ。寝床にはいって、目がさえてきて、すると、恥かしいことばかり頭に浮んできて、ますます眠れなくなる」

「そうなのよ」

「年齢をとるというのはそういうことなんだとやっと思いはじめたところでね」

「じゃあ、もっと恥をかくのかな」

「ところで、まだ帰らなくていいのかね」

折原はそろそろ心配になっていた。外はまだ明るいが、六時を過ぎている。部屋のなかは冷房を弱くしてあるが、十分に涼しい。客がいなかったら、冷房をとめて、窓を開けているところだ。

「まだいいの。謙一は父がいるから。私より父になついているのよ。食べものの好き嫌いも父といっしょ」

「お父さんのお年齢は?」

「六十八か九よ。歯が丈夫なのが自慢で、朝と寝る前に十五分も歯を磨いてるわ」

「じゃあ、私より長生きするかもしれない」

「折原さんの色ざんげを聞きたくなってきたわ。ここはお店じゃないんだから、いいでしょう?」

色ざんげなんて、と折原はまた苦笑した。

「それより、麻里さんの話を聞きたいね」

麻里は自分で水割をつくった。ウィスキーの量を多くしている。水みたいな水割だったから、酔いが少しさめたのにちがいない。いつのまにか口紅を引いていた。結いあげた髪のほつれもない。ここへ来たとき、洗面室で化粧をなおしたのだろう。酔っていても、そういうことは忘れないようだ。

「私はいまひとり。だから、お話することなんて何もない」

麻里が歌うように言った。

「信じられないな」

麻里に男がいてもおかしくはない。自分に女がいなくてもおかしくはないが、と折原は思った。ただ、そこでおれはもう終ったんだとも感じている。

「あとは、さびしくなるばかり」

「それは私もおんなじだ」

折原は新しく女と知り合っても、深い関係になることはないだろう。麻里はこれからだし、女ざかりを迎える。

「麻里さんは結婚する必要もないでしょう、好きな男がいたら」

「そうね。でも、あたしって形をつけたくなるから、男に入籍しろだの、形だけでも結婚式を挙げようなんて言うかもしれない」

そういう女を古風といえばよいのか、と折原はちらと考えた。浴衣を着て、帯をしめた麻里はきりりとした昔の女に見える。美人になりそこなった女だと思ったのは、彼女に対して大いに失礼だった。

麻里ははじめは食卓をはさんですわっていたのだが、いまはウィスキーの瓶の近くにいたいのか、折原と斜めに向い合っている。麻里の顔が間近にあった。

「心もとないわ」

麻里がグラスのなかをみつめて言った。目を伏せたその顔がひどく頼りなげに見えた。

「土曜日の夜はそうでもないんだが、日曜日の夜になると、前途がなんだかだんだん暗くなるようで、そうだね、麻里さんが言うとおり、心もとなくなる」

もっとも、五十を過ぎれば、前途は明るくなりようがないと折原は覚悟している。前途というのは若い人のためにある言葉だ。

「折原さんでもそうなの？　安心した。今日の折原さん、いつもとちがう。口をきくのが嫌いなのかと思ってたわ。そうでもないのね。喋る折原さんもいいわよ」

「これでも区別してるつもりなんです。商売と暮しのほうを」

「じゃあ、今日はプライベートなのね」

「日曜日のいまごろは、いつもならテレビのナイターを見てるところですよ」

「のんびりと？」

「わびしくでしょう」

「折原さん、でも若いわ」

「からかっちゃいけない」

「からかってなんかいません」

折原はじっと見る麻里の目が輝いている。目の美しい女なのだとあらためて思った。しばしば顔を合わせていても、気のつかないことがあるものだ。折原は身を引いて、麻里の目をみつめた。

ようやく日が暮れてきていた。明りをつけてもいいのだが、折原は立ちたくなかった。その理由はわかっている。麻里の気持にかかわりなく、彼女を抱いてしまうかもしれなかった。麻里もたぶんそれを拒まないだろう。

「いいお部屋ね」

麻里がわれに返ったように、居間のほうに目をやった。四階の窓からは渋滞している高速道路が見えるが、窓を閉めきっているので、音は聞こえてこない。部屋のなかは静かで、ひんやりとして、目の前に浴衣姿の三十女がいると、夏のたそがれだった。

残念なことに、折原のアパートからは八幡様《はちまんさま》の杜《もり》は見えない。このアパートと同じようなビルの窓が並んでいる。灯のついた窓の向うでは家族が食事をしているのだろう。家族の団欒。折原はそういうものに縁がなかったのを知った。

麻里の手が彼女の顔よりも近く、すぐ目の前にあった。折原はその手もいままでろくに見ていなかったのに気がついた。目がただの節穴だったらしく、自分の観察力に自信がなくなった。酒場を十五年もつづけているにしては、これは失格ではないか。

麻里の指はほっそりとして長い。まるい、ふっくらした手で、指も短いのではないかと折原はぼんやりと想像していた。

麻里の手をとった。そうしながら、酔っているのを意識した。吾妻橋の蕎麦屋では控えていたし、麻里を乗せてきたタクシーのなかではしらふだと思っていたが、家に帰ってから、知らないうちに、麻里が注ぐウィスキーを飲んでいた。

麻里は手を引かなかった。もう一方の手で折原の手をおおった。

麻里の両手はひんやりとしている。その指のすきまから、自分の手の甲のしみが折原の目にはいった。手を引こうとしたが、麻里がしっかりと両手で折原の手を包んで、顔を近づけてきた。

かすかに香水と酒の匂いがした。折原は片手で肩を抱くと、麻里が目をつぶった。こういうこともあるのかと折原は思ってもいた。舌がからみあった瞬間、麻里は言葉にならぬ声をあげたようだ。そして、折原からはなれると、くすりと笑った。折原も声もなく笑ったが、快い虚脱感を味わっていた。

麻里が上目づかいに折原を見た。悪戯が見つかったような女の子の目だった。

「年甲斐もなく」

折原が言うと、麻里は、ごめんなさい、と言った。悪びれたところはなかった。

「私、失礼しなきゃあ」

麻里が立ちあがったとき、よろけて、折原のほうに倒れてきた。しかし、彼女をおさえてやっただけである。麻里の唇と舌の濡れた感じと熱さを味わってみたかったが、自制心と職業意識がはたらいていた。

送っていこうと折原は言ったが、麻里はふらつきながら、それを断り、ドアを閉めるときに微笑を見せて去っていった。階段をおりてゆく下駄の音がやがて聞こえていた。

折原は窓を開けて、暗くなった下を見た。麻里が歩道を歩いていた。それがじつにしっかりとした足どりである。折原は溜息をついて、彼女の小さな後姿を見送った。

不埓《ふらち》な事

清水がバーボンのソーダ割をお代わりした。もう七杯目である。いつもより飲むピッチが速い。

折原は三杯目あたりからウィスキーの量をこころもち少なくしている。今夜は、清水は口数が少なくて、ひとりで照れて、一杯のソーダ割をまたたくまに飲んでしまう。

清水の妻は、折原が想像していたとおりの女だった。彼女は清水の横にすわって、ときどき夫を皮肉な目で見ている。

額がひろくて、眉の形が美しい。いかにも賢そうで、けっして出しゃばることはなく、夫と折原がときどき交わす会話をつつましく聞いている。折原がものをたずねても、短く答えるだけである。しかし、賢夫人というのではない。

三十をちょっと過ぎたところで、賢夫人といっては気の毒だ。ただ、折原が見てきた女のどのタイプにも当てはまらないような気がする。清水はときおり妻をうとましげに見るのだが、はじめて夫人同伴でこの酒場へ来たのを喜んでいるようでもあった。

今夜は客の入れかわりが頻繁で、やってきた客は宵のうちはたいていビールを注文した。清水もここに来たときは、まずビールだった。そして、ほかの客と同じように、外は暑いと言った。日中は二十九度だったと折原もラジオの気象情報で聞いている。

清水の妻は夫と同じ飲物であるが、ほとんど口をつけてない。少しすする程度でグラスをカウンターにおいてしまう。退屈でしょうと折原は言いたいところだが、無言で同情するだけだ。

知った顔が声をかけると、清水は恥かしそうに小声で、妻です、と紹介した。お名前はと無遠慮にきいた客がいる。佳代です、と清水は小さくなって言った。折原は清水から彼女の名前を以前に聞いている。

清水佳代がグラスの飲物をすすった。たんなるソーダ水だろう。

テーブルの二組の客が帰って、清水夫妻のほかに、カウンターの客が二人だけになった。この二人は来たときから勤めている会社の話に夢中である。折原には酒がなくなったときしか声をかけない。

「やっと静かになりましたね」

清水は言ったが、呂律がやや怪しくなっている。言うことも言い方も清水らしくない。

「妻と映画を観てきたんですよ。あ、これはさっき話しましたね」

清水の妻が折原を見て、笑みを浮べた。笑くぼができて、目が細くなり、全体に可愛らしくなる。

「そうでしたかね」

折原はとぼけた。日比谷で映画を観たということはたしかに聞いている。そのあと、ホテルでまずいスパゲティを食べて、折原の店に来たことも。何か旨いものを食べたかったのだが、旨いものを食べさせる店はみな閉まっていた。

「十時には閉店だなんて不埒ですよ」

清水は言って、妻のほうを見た。彼女も夫の顔をじっと見た。夫婦なんだと折原は思った。客が奥さんを連れて現われることはよくある。折原が花水木を引きついだころは、客は男ばかりだったし、女房の話などしなかったものだが、この十年のあいだに大きく変った。妻がこの酒場で夫を待っていることもある。清水が妻をいままで連れてこなかったのは例外に属するだろう。

「妻は、ほんとうはよく喋るんですよ、折原さん」

突然に清水が言った。七杯目もなくなりかけている。

「女ですもの」

小声だったが、夫よりも折原に向けて言ったのである。折原を見て頬笑んでいた。

「楽しいところですね」

「楽しいかどうか」

折原は言葉をにごした。ある酒場のママが、うちは酔っぱらいの保育園なのよ、と言ったのを思い出した。

「僕はね、折原さん、僕の行く酒場を妻に見せたかったんですよ。こんな侘しいところだってことを。なぜだかわかりますか」

清水は酔っていて、いよいよ呂律がまわらなくなってきているが、言うことはしっかりしている。

「なぜだかわかるか、佳代」

「わかりません」

「わからないだろうなあ。折原さん、すみませんが、お代わり」

清水の妻は知らん顔をしている。背筋をしゃんとさせて、近づきがたいような気品があった。夫が酔えば酔うほどに、妻のほうはますます冷静になっていくようだ。

折原は八杯目のバーボンのソーダ割を清水の前においた。妻がいるから、こんなに酔ってしまったのにちがいない。

「お茶を差しあげますか」

清水の妻に折原は言った。なぜもっと早くそのことに気づかなかったのか。

「お願いします」

言うことがつねに簡潔だ。余計なことはいっさい省いている。もしこれが地だとしたら、亭主のほうは取りつく島がないだろう。いや、彼女にはもっとべつの顔があるはずだ。それも、一つではなく、四つも五つも。

折原は薬缶《やかん》をガス焜炉にかけた。魔法瓶を使えばいいのだが、折原はいまだに馴染めないでいる。

「僕は家では一滴も飲まないんですよ、折原さん。これは前に話したな」

「ええ、でも、どうぞつづけてください」

「有難う。家じゃ飲む気がしない。あれは神聖な場所ですからね」

「そうかしら」

妻が夫を挑発しているように折原には聞こえた。彼女はたえず笑みを浮べて落ちつきはらっている。

「家は、といっても、僕のところは3ＬＤＫの分譲アパートにすぎませんが、不埒な場所でもあるな」

やがて、薬缶の沸き立っている音がして、折原は煎茶を淹れて、清水の妻に出した。きっと旨いはずだ。折原はお茶が大好きである。

「僕はこういう酒場で飲んでるってことを妻にただ教えたかったんですよ。ああ、話がだんだんくどくなってきたな。すみませんね、折原さん」

「いや、かまいませんよ、私のことなら」

「ほんとうは妻を連れてきたくなかったんですよ。酒はやっぱりひとりで飲みたいなあ」

清水の妻は聞こえなかったふりをしていた。しかし、折原は変った夫婦だとは思わない。変った夫婦ならほかにもたくさんいるし、ここでそういう夫婦を何組も見ている。

妻が夫の顔にグラスの飲物をぶっかけ、夫が妻を殴ったという例はいままでにいくつかあった。酔ってだんだんに脱いでゆく妻がいて、夫が彼女を連れて帰るのに苦労した。夫婦とも出来あがって、人目もはばからずにキスをはじめ、カウンターの椅子からころげ落ちたこともある。

清水はまともなほうだ。妻が目の前にいて、どうしたらいいのか迷っているだけだろう。連れてこなければよかったのだ。それにしても、もう少しくだけてくれてもいいのではないかと、しとやかにお茶を飲む清水の妻を見ながら、折原は思った。

しかし、帰りましょうと夫に一度も言っていないのは感心なことだ。この夫婦に子供がいたら、彼女はまさに良妻賢母だろう。

「ねえ、夫婦ってなんですか、折原さん。いや、これは愚問だった。こういう質問はもともと大嫌いなのに。夫婦は、夫婦ですよね」

「ええ、まあ」

折原は清水の妻を見て苦笑した。

「それでも、佳代にきいてみたいな。夫婦ってなんだと思う？」

「男と女かしら」

臆せずに彼女は答えた。

「それだけかね。たとえば兄と妹だとか、姉と弟だとか、それとも、亭主にとって、妻は妻であり母であり姉であり妹であり聖女であり娼婦であり――」

「贅沢よ」

折原は顔をそむけてにやにやした。

「そう、簡単明瞭だ、たんに男と女であるほうが簡単でいいね」

清水は何を言いたいのか、と折原はふと考えさせられた。酔っぱらって、わけがわからなくなっているのではない。この機会に何か言いたいのだ。それが自分でもわからなくて、出口を探しているのだろう。

カウンターの端の二人が椅子からおりた。それでも、まだ仕事の話をつづけている。手のかからない客だった。

二人が出ていくと、冷房がききすぎているように感じられた。折原は冷房を弱くした。


「いいお店」

清水の妻が店のなかを見まわして言った。お世辞でないのが折原にもわかった。口数は少ないけれど、思っていることを手短に、はっきりと言う女だ。着ているのは薄地のデニムのスーツだろうか、趣味がいい。真珠のイヤリングとネックレース。口紅を引いただけの薄化粧。

「佳代、そろそろ帰ろうか」

清水の声が弱々しい。久し振りに奥さん孝行をして疲れたのかもしれなかった。この数ヵ月、仕事に追いまくられて、妻の存在をおろそかにしてきた、と言っていた。それだけ仕事熱心な編集者といえるだろう。

「まだ帰りたくないわ」

「じゃあ、もう一杯飲もう。折原さん、お代わり」

気がつかなかったが、清水のグラスのなかは氷だけである。折原はもう一杯だけ出すことにした。細君がしっかりしているから、何も心配することはない。

清水は九杯目を一口飲んで、姿勢をただした。けれども、目がとろんとしている。母親に連れられてデパートにでも来た少年のような表情になっていた。

「折原さん、僕は妄想を逞《たくま》しくする癖があるんだ。今夜でもね、女房じゃなく、愛人を連れてきたかったなんて考える」

「男のひとはみんなそうじゃないの」

清水夫人が下から覗きこむようにして、悪戯っぽく夫を見た。

「どうして女にそんなことがわかる?」

「だって、妻だから」

「お見通しなんだね」

「ええ」

「まいったなあ」

清水にかぎってここへ愛人を連れてくることはないだろう。そういう確信に似たものが折原のこころにある。

「妄想だけならいくら逞しくしても、私は認めるわ」

「僕は妄想の男だ」

「不埒な男」

清水が大声で笑い、折原は彼女の話術に舌を巻いた。話術といっても、清水の妻の場合、じつに簡潔で鋭利だから見事なのだ。清水には過ぎた女房かもしれない。

そのことを妻よりも清水自身が知っているはずだ。そのかわり、彼は妻をきっと小癪《こしゃく》な女だと思っているにちがいない。

折原にはこの夫婦の姿がだんだん見えてきた。この二人もまたよくある夫婦なのだ。そして、いまはうまくいっている夫婦。

「今夜は映画はつまらなかったし、夕飯もまずかった。それに夜になっても蒸し暑いときてる」

清水は誰にともなく言っている。

「何もいいことはなかった」

「そう思うのが不埒な事なのよ」

「不埒につき所払いを命ず」

「離婚を命ず」

「おれ、佳代がいなくなったらどうしよう」

「べつに困らないでしょう」

佳代が喋るようになってきたのに、折原はすでに気づいている。彼女は客がいなくなって、のびのびしているようだ。清水のほうは甘えている。

一つの私生活がカウンターの上に現われていた。そういえば、清水がひとりで、あるいは妻以外の誰かと来るときは、公《おおやけ》の顔しか見せない。

「音楽が聴きたいですね、折原さん」

清水がねだった。折原は手にとったテープのタイトルをよく見もしないで、テープデッキに入れた。老眼鏡をかけるのが面倒くさかったのだ。

スピーカーから低く流れてきたのは昔懐しい曲だったが、曲名を忘れていた。しかし、音楽を聴きたいと言った当の本人が聴いていないで喋っている。

「この話は佳代にしてなかったんじゃないかな。僕の二つの夢だ。九州の田舎で育った少年の、いわば青雲の志かな」

「大きくでたわね」

清水佳代の皮肉な口調だった。彼女があまりに美貌だったら、厭味に聞こえたろう。

「大きくはない。むしろ、しみったれているんだ。一つはね、大きくなったら、東京の銀座の酒場でスコッチを飲むこと。僕は中学生のころから飲んでたからね。もっとも、いまはバーボンが気に入ってる。スコッチはまだ早いんじゃないかって気がする。それこそ、愛人か妾でもできたら、スコッチにするよ」

「それは差別よ。もう一つの夢は？」

「恥かしいね。東京の女と結婚すること。いや、東京の美女とだな。亭主をあなたと呼ぶ、それから閨房でも、あなた、あなたと叫ぶ、原節子とまではいかないが、彼女に少しでも近い美女」

「志が低いわ」

「これでも、僕は精いっぱい志を高くしたつもりだよ。宰相になろう、億万長者になろう、マエストロになろう、純文学の巨匠になろうなんてこれっぽっちも考えなかった。そうか、やっぱり志が低いか」

「そう思います」

「しかし、銀座といったって、こんなケチな酒場で飲むようになるとは夢にも思わなかった。勘弁してください、折原さん。でも、ここは一番性に合ってるんだ。銀座は銀座だからね」

「腐っても鯛です」

はじめて折原は口をはさんだ。佳代が手を叩いた。

「恥かしいなあ。こんなことまで喋っちゃって。こういうことって、いくら酔っぱらっていても、ちゃんとおぼえているものなんだ」

「本当のことでしょ？　九州男児でしょ？」

清水はおおげさに頭を抱えている。これこそイン・ヴィノ・ヴェリタス（酒のなかに真実あり）だと折原はしみじみ思った。

清水は二つのささやかな夢を実現したのだ。夢なんて小さいほうがいい。

「スコッチを一杯いただけます？」

佳代に言われて、折原は彼女の顔をまじまじと見た。目が生き生きと輝いていて、顔に血の色がかすかにのぼっている。

「水割にしますか、それとも――」

「ストレートで」

清水が顔を上げた。彼もまた妻の変貌に驚いている。やがて、じゃあ、おれもスコッチにするかと言った。折原はグラスを三つカウンターにおいて、棚からフェイマス・グラウスの瓶を手にとって、グラスに注いだ。折原自身、ウィスキーを、それもスコッチを、久しぶりにストレートで飲みたくなっていた。

三人がグラスを持つと、清水佳代が先に言った。

「不埒な酒場に乾杯」

佳代はきゅっと三分の一ほど飲んだ。その仕種が優雅に見えた。

「私、スコッチが好きなんです。いま、安く手にはいるでしょう、十二年ものでも」

清水が訝《いぶか》しげに妻の顔をうかがった。妻がスコッチが好きだということをはじめて聞いたらしい。

「清水の帰りが毎晩遅いでしょう。私、彼が帰る前に寝てるんです。すぐには眠れないから、寝酒にスコッチを一杯か二杯いただくんです」

「そういえば、酒くさいことがあったな」

清水は思い出したようだ。清水佳代が夫について知らないことがたくさんあるように、清水が妻について知らないことが五つや六つあってもいいはずだ。何もかも知ろうとすると、しくじることがあるのを折原は自らの経験で知っている。

清水佳代はスコッチという自分だけの秘密をもって、毎夜おそくまで何をしているかわからない夫に対抗したのだ。もし佳代も仕事を持っていなかったら、こううまくは行かなかったろう。

グラスを飲みほすと、失礼しますと佳代は言って洗面室に消えた。もどってきたとき、入念に化粧したのか、口紅の色が鮮やかだった。折原は新しいグラスにもう一杯注いで、佳代の前においた。忘れていた水もグラスのとなりに出した。

「清水から聞いてましたけど、こういう酒場だと存じませんでした」

その丁寧な言葉遣いに敬意というか親愛の情というか、それに似た感情が含まれているのを折原は感じた。それで、清水の気持が胸に伝わってきた。清水が花水木と折原について語ったとき、佳代は夫の話を素直に信じたのだ。

清水がふらふらと立ちあがった。目は妻に向けられている。

「佳代、聴いてるか、ほら、グッドナイト・アイリーンだ。いっしょに踊ろう」

清水の言うとおりだった。佳代が椅子からおりて、清水のほうへ行った。夫の手をとって、大丈夫ときくように夫の顔を見あげた。

清水は無言で妻を抱いて、ふらつきながら踊りはじめた。佳代はその胸にぴったりと顔を寄せていた。

短日

十二時を過ぎて、折原は店を閉めることにした。午後から振りだした雨が本降りになり、今夜の客は五人だった。売上は三万円にもみたない。

急げば終電に間に合うはずだが、後片づけが少し残っている。タクシーを拾えればよし、そうでなければ門前仲町まで歩いて帰るつもりだった。

もっと早く帰り支度をしてもよかったのだ。十一時に最後の客が帰って、折原はお湯割のウイスキーをすすりながら、文庫の翻訳推理小説を読んでいる。

鍵をかける前に窓を開けると、雨が吹きこんできた。風も出てきたらしく、このぶんなら明日の朝には雨もあがっているだろう。

カウンターの電話が鳴った。折原は窓を閉めて、カウンターにもどり、清水が電話してきたのかと思いながら、受話器をとった。

「まだやってるの?」

麻子の声だった。低音だが艶のある声。声も、三月《みつき》ほど前に四丁目ですれちがったときの顔も十七年前と変っていない。三十五歳とは思えないほど屈託がない。

折原はカウンターによりかかって言った。

「もうおしまい。たまには早く帰ろうと思ってね」

「ずいぶん早いじゃない」

「お客さんが来ないんだから、今夜は帰って寝ますよ。外は吹き降りだし」

「うちは一人もお客が来なかったのよ。いやんなっちゃう」

「じゃあ、由美ちゃんとこへ帰ってあげたら。もっとも、寝ちゃってるだろうけど。お母さんは元気かい」

「元気。折原さん、由美は、幼稚園の運動会で一等になったのよ」

麻子の声が母親になっている。もう幼稚園かと折原はいまさらながら早いものだと思う。一年ほど前に会った由美は麻子に似て色が白く、目が大きかった。つぶらな瞳とは由美のような娘のことではないかと思ったが、由美は人見知りをするらしく、麻子のうしろに隠れるようにしていた。

よかったじゃないか、おめでとうと折原は言った。速く走るのも母親似かと麻子の撓《しな》うような、ほそい躰をちらと思いうかべた。

「ねえ、これからお邪魔してもいい」

折原は驚いたが、冷静に応じた。

「だって新宿からじゃ大変だろう。タクシーだってつかまらない。今夜は帰ったほうがいい」

「それが、ぞろぞろ走ってるのよ、空車が。やっぱり不景気なのかしら」

麻子は二年前から新宿の区役所通りで酒場をはじめた。独立したのだ。中国人の若い女が六時から十一時半まで手伝っている。十人もはいれば満員という、その小さな店は職安通りに近い新築のビルの四階にある。

折原はウィスキーを一口飲んだ。麻子がなぜここに来たいのか考えなければならない。おそらくまた相談事だろうが、なんの相談か。折原はこころならずもいままで麻子の相談に乗ってきた。

「それとも、こっちへいらっしゃる」

「方角が反対だよ」

折原は言ったが、気持が動いた。新宿には半年久しく行ってないし、麻子にもこの三月ばかり会ってない。

しかし、これから新宿まで行くのはいかにも億劫である。四十代のころだったら駆けつけるところだろうが、いまはその元気がないし、それほどお人好しでもない。

「じゃあ、ここで待つよ。何か話でもあるのかね」

「ないわよ。だから行くんじゃない。三十分で行くわね」

「まさか、また結婚するっていうんじゃないだろうな」

冗談のつもりで言ったのだが、電話はすでに切れていた。折原は入口の扉まで行って鍵をかけ、ついでに窓を閉めてブラインドをおろした。これで古いビルの二階の、何もかも古ぼけた酒場も密室になった。

ただ、どこかに隙間がいくつかあるのか、それがもう一つの換気扇になっているようだ。折原は暖房のスイッチを入れ、カウンターのなかにはいって、文庫を読みはじめた。

人を待っているときというのは、活字がなかなか目にはいらないものだ。まして読んでいる本がおもしろくなければ、いっそう入口のほうへ気をとられる。折原は暇つぶしに翻訳ものの推理小説を好んで読むが、最近は玉石混交で、つまらないものにぶつかる。

折原は十八歳の麻子を見ている。接待の流れで八丁目のバーに案内されたとき、そこに勤めて二日目という麻子がいたのだ。セーラー服のようなドレスを着ていて、中年の女が多いそのバーでは新鮮で野暮くさく見えた。

やわらかそうな髪はかすかに茶色っぽく、やわらかい色合いで、いまもそれは変っていない。私の顔のなかで一番好きなのは、この髪の色よと麻子がその髪をいじりながら言ったのを、折原は何年か前に聞いている。

麻子は新人なのに物怖《ものお》じすることもなく、終始にこにこしていた。そのかわり、美人だなと言われても、うれしそうな顔をしない。まだ笑顔のあどけない美少女だった。

折原は彼女の顔を見ながら、不良少女という言葉を思いうかべた。麻子が無垢な顔をしていても、世間知らずのお嬢さんであるはずがない。

折原はそのころには麻子のような顔だちで平気で男を騙す女たちを知っていた。しかし、麻子はちがっていた。男を騙したことはたぶんないだろう。騙されたこともなかったにちがいない。

折原はその酒場に一人で行ったときは、カウンターで飲んだ。それは自分が払うという意志表示でもあるが、もともとカウンターが好きだった。

折原がカウンターで飲んでいると、手のあいている女が声をかける。あるいは水割をとりにきた女が折原に挨拶してゆく。麻子もその一人で、折原の前では遠慮がなかった。

何か尋ねれば、麻子ははきはきと答えた。彼女が大森で生れ、そこで育ったことを折原は知った。両親は離婚し、父親がほかの女といっしょに住んでいることも麻子は打ち明けた。テーブルの席ではただ微笑を浮べているだけなのに、カウンターでは気軽に話した。

接待で折原が客を案内してゆくと、テーブルにはかならず麻子がついた。ただそれだけのことだったが、麻子は折原を気のおけない客とみていたようだ。

折原はボーナスをもらったとき、麻子の勤める酒場にたまたま行って、チップをわたしたことがある。安いブラウスなら買える程度の金額だった。

その日に着ていた背広を数日後に着て出勤し、電車のなかでポケットに手を入れてみると、祝儀袋がはいっていた。折原は顔が赤くなるのがわかり、額が少なかったのかと思ったが、そうではなかった。つぎに酒場へ行ったとき、麻子が言ったのだ。

「サラリーマンで自前で飲んでる折原さんからはいただけないわ。だけど、とってもうれしかった」

この言葉が折原を満足させた。麻子にとっては端金《はしたがね》だったかもしれないという気はしたが、断り方をわきまえていると感心した。要するに、十五歳以上も年下の小娘のような女のほうがはるかに上手《うわて》だったのだ。

あのころ、麻子は化粧していたのだろうかと折原はいまぬるくなったお湯割のウィスキーを飲みながら、記憶をさぐってみる。その当時、日中に銀座六丁目かでばったり会ったときは素顔だった。口紅も引いていないのが、そのあと、いっしょに喫茶店でお茶を飲んだときにわかった。形のいい小さな唇の色は肌の色に合わせたように淡いピンクである。

会社を抜けだしてきた折原は、そのとき、百貨店で下着を買うつもりでいた。妻とはすでに不和になっていた。

立ち話をしているうちに、麻子が突然、のどが渇いたと言った。折原は裏通りの喫茶店に誘い、二人で珈琲を飲んだ。聞きもしないのに、麻子はこんど結婚するのと言った。

「それはそれは」

その言葉が折原の口から自然に出た。

「麻ちゃんの好きになる男ってどういうタイプなのかね」

「いい人よ」

「ハンサムで金持か」

「そんなにハンサムじゃないけど、お金持」

「それが一番だよ」

「二人でブティックをはじめるの、麻布で」

麻子は、相手は北海道の出身だと言った。父親が多角経営で、畜産から不動産まで手広くやっているという。その次男坊だった。

もちろん、麻子の勤める酒場の常連である。常連というほどでもない折原は、麻子の説明を聞いても、酒場で青年と会ったおぼえはなかった。

「麻ちゃんはプリンス・チャーミングと結婚するんだ」

折原が言うと、麻子は眉をひそめた。

「ごめんなさい、私、高校中退だから、何も知らないの」

「プリンス・チャーミングってシンデレラの王子様だよ。理想の男性という意味でね。さしずめ、君はシンデレラだ」

「私、そんな柄じゃないわ。でも、みんなに言われるの。玉の輿だって」

「お店をやめるんだね」

「ええ」

「いつ。まもなくかな」

「今月いっぱいでやめます。お世話になりました」

麻子は頭を下げた。折原は、お仕合わせにと言った。が、麻子はまた銀座にもどってくるだろうという気がした。それは折原の勘だったが、相手が金持の次男坊、二人ではじめるブティックというのがなにやら型どおりの、不吉な棘《とげ》のように胸に引っかかったのだ。

麻子はちょうど三十分後にやってきた。彼女が約束の時間におくれたことがないのを折原は知っている。早く来ることはあっても、けっしておくれない。

階段に足音がして、扉をノックする音がすると、折原は読みかけの文庫のページを閉じて、扉を開けてやった。淡いブルーのワンピースを着た麻子がビニールの傘を手にして笑顔で立っていた。

麻子は店のなかを見まわしてから、扉に鍵をかけた。折原はカウンターに引っこみ、とっておきのブランデーとウィスキーの瓶をカウンターにおいた。

「麻ちゃん、ブランデーにするか」

「ウィスキーがいいわ。オン・ザ・ロックスにしてもらおうかな」

昨日も会ったような口のききようである。まだそんなに飲んではいないようだ。

「そのウィスキー、ボトルが小さいようだけど、高そうね」

「いつ開けようかと思ってたんだ。麻ちゃんが来てくれて、ちょうどよかった。グレンファークラスの二十一年ものだ」

「ふうん」

麻子は酒はめっぽう強いが、スコッチの銘柄にこだわらないし、あまり知ろうともしない。

折原は氷を入れたグラスにウィスキーをたっぷり注いで、麻子の前にグラスをおいた。麻子は一口飲んで、おいしいと叫んだ。

「やっぱり来てよかったわ」

「私も飲むよ」

折原はグラスにウィスキーを注いで、それにちょっぴり水を加えた。スコットランドからの土産にこのスコッチをくれた日高が、こうやって飲むとうまいと教えてくれたのだ。

元同僚だった日高はときどき花水木に顔を出す。麻子が勤めていた酒場にもいっしょになんどか行った。その後、折原は酒場の主人になり、日高は取締役になった。

おいしいわね、と麻子は言って、たちまち最初の一杯をあけてしまった。折原は氷を足して、ウィスキーを注いでやった。

「ねえ、折原さん、私、こないだ変なことしちゃった」

麻子がくすくす笑っている。その顔は三十五になっても邪気がない。男はたいていこの顔にはじめは騙されるのだが、この女自身が騙しているわけではない。おとなしい素直な女の顔をしているにすぎない。

「変なことって、そういうことはもうやりつくしたんじゃないのか」

折原も麻子に対しては遠慮がなくなる。しかも、今夜は二人きりである。扉の鍵はかけてあるから、人がはいってくる心配もない。

「フェラチオしちゃったのよ」

折原は唖然となった。麻子は酔っているのだった。酔っているか酔ってないかの見分けは折原にもつかない。彼女の話している内容から酔っているのがようやくわかる。こうして、折原は麻子に対して無意識のうちに甘くなっているのを思い知らされる。

「そんなこと、私に話してもいいのかい」

折原は警告のつもりで言ったのだが、好奇心があった。この女のすべてを知りたい。それが無理なのは承知しているが、麻子の形のいい小さな口からフェラチオという言葉がこともなげに出てくると、麻子らしくないと思い、同時にいかにも麻子らしいとも思いなおす。露悪趣味でも偽悪趣味でもない。

「なんでも話したいのよ、折原さんには」

「じゃあ、聞きましょうか」

「相手は折原さんの年齢ぐらいの人。ホテルの部屋で寝るのがいやで、フェラチオをしてやったのよ」

麻子はまたくすくす笑いながら、折原の反応をみた。折原は彼女の歯に目をとめた。歯が白くないのが、この女の欠点だろう。煙草を喫うからだ。サラリーマンだった折原が昼さがりに偶然銀座で会い、いっしょに珈琲を飲んだときも、麻子は煙草をぷかぷかという感じで喫っていた。あのころは彼女が煙草を喫うと、そんなふうに見えたのだった。

いまもメンソールの煙草を口にくわえている。ニコチンで歯がよごれるのも無理はない。これで歯が白かったら、欠点を見つけだすのが難しくなる。

「寝るよりフェラチオのほうが楽かね」

「そういうわけじゃないけど。はだかになるのが面倒くさいわ、ビジネスだったら」

ビジネスを麻子は折原の前でかならず口にしてきた。ビジネスとは麻子にとってセックスのことだ。

勤めていた酒場のマダムに麻子は、いいお客さまを大事にしなさいとよく言われた。そうすれば、自分の店が持てるようになるという意味である。

麻子はマダムの言葉に抵抗を感じなかった。いいお客とは金がいくらでも自由になる男である。その場合、客は中年以上に限られる。折原も中年だったが、カウンターでひとりで飲むようでは、いいお客さまとはいえなかった。麻子をはじめほかの女たちが折原に気安く声をかけたのも、いいお客ではなかったからだ。

「それで」

折原は先を促した。その先の話が聞きたかったのだ。

「お話はそれでおしまいよ」

「相手はよろこんだろう」

「かえってよろこぶのね」

折原は麻子の口もとに目をやりながら、いくらもらったのかと思った。もったいないことをするものだ。十万や二十万もらっても、割が合わないような気がする。そのへんの事情には折原もうとくなっている。

折原のチップを受けとらないで、セックスを売るというのも麻子らしい。あれはなんといったっけと折原は記憶をさぐる。そうだ、春を鬻《ひさ》ぐ。

麻子を見ていると、春を鬻ぐという感じがまったくしない。麻子にとってはまさにビジネスであって、あとくされのないものなのだろう。十五歳のときから、この女の躰のなかをどれだけの数の男が通りすぎていったのか。十五歳で男を知ったというのは、本人がやはりこともなげに折原に打ち明けたことである。フェラチオの話をしたのと同じように、麻子はさばさばしたものだった。

「何よ、その顔。怒ってるの」

麻子に言われて、折原は目をそらした。窓のほうを見た。

「呆れたほうがいいのか、感心したほうがいいのか……」

「ビジネスよ。今年はまだ三百万しかたまってないんだから」

ことになるから」

「それで喧嘩になったのよ。今夜は帰りたくなかったの。帰れば、どうせまた堀江とやりあうことになるから」

堀江は目下、麻子が同棲している相手で、母親や娘といっしょに青山のマンションに住んでいる。折原は会ったことはないが、麻子に言わせれば、気の弱い恋人である。その男の職業については出版関係ということしか聞いてない。

「彼は知ってるの」

「彼を怒らせないほうがいい」

折原は言ったが、忠告したのではなかった。自分の力だけで生きてきた女である。

「堀江はマンションの家賃しか払ってないのよ、折原さん」

「家賃だって高いだろう」

「三十万しないわ」

折原は麻子に三杯目のウィスキーを注いで、氷を入れてやった。このスコッチ、おいしい、と麻子は言い、口に含んだ。このペースで飲めば、あと一時間もしないうちに、麻子は酔っぱらうはずだ。いまだって酔っているのだが、顔に出ないから、酔っているようには見えない。

「由美ちゃんと堀江さんとはうまく行ってるのかな」

折原はフェラチオの話から遠ざかりたかったのだ。相手はよろこんだろうとうっかり言ったのを後悔している。

「娘はおじさんて呼んでるわ。でも、別れた亭主のほうになついているわね。日曜日に堀江と青山を歩いてたら、大内が由美を連れて歩いてくるのに、ばったり会っちゃったの」

大内がかつてのブティックの共同経営者だった夫である。麻子のマンションの近所に住んでいて、日曜日は娘の由美を遊ばせる。そういうことまで折原が知っているのは、麻子が私生活をあけすけに話すからだ。

麻子は折原にはなんでも話してくれる。しかし、この女について実はおれは何も知らないのではないかと折原はしばしば思う。麻子が捨てていったものを拾っているのにすぎないのではないか。麻子の言うことはすべて彼女の抜け殻なのかもしれない。

別れた夫が、麻子とのあいだに生れた娘の手を引いて歩いている。麻子は恋人といっしょに歩いて、前夫と娘に会う。そのとき、どんな気持がするかと折原は訊いてみた。

「べつに。どんな気もしないわ。ああ、会っちゃったなあという気持かしら」

「由美ちゃんのことを考えないか」

「私も似たような環境で育ったから。父は若い女のところへ行っちゃったし、母は男をつくっちゃったから。歴史は繰り返すのよ」

「このスコッチなら悪酔しないし、二日酔にもならない。安心して飲みなさい」

「ありがと」

折原は話題をそらしたわけではなかった。麻子のやりきれなさをかいま見たおもいがしたのだ。そのやりきれなさを、歴史は繰り返すのよ、といささかとんちんかんなことを言って、彼女はごまかしている。もちろん、折原はそれを責めるつもりはない。いわば徒手空拳なので、麻子にとっては美貌だけが武器であり財産である。

「雨のなかを来てよかったわ」

麻子の口調が珍しくしみじみとしていた。折原は彼女のグラスを目で確かめた。ウィスキーがまだ残っている。麻子はまた煙草にライターの火をつけた。

麻子が結婚で八丁目の酒場をやめる数日前に、折原は別れを惜しむつもりで、十一時ごろ、その酒場に行ってみた。カウンターが空いていて、そこで飲んでいると、麻子がやってきた。地味なモスグリーンのワンピースを着ていて、それがかえって麻子の色の白さとやわからい色の髪を引きたてていた。

「私、まもなく帰ります。折原さんはまだ飲んでるの」

折原の肩に手をおいて、麻子が小声で言った。テーブルの席がほぼ埋まっていて、酒場は騒々しくなっている。この時間になると、酔った客が多いから、声も大きい。しかし、折原も小声で答えた。

「お別れにどっかで飲もうか」

「ほんとに？　うれしいなあ。折原さんと一度飲んでみたかったんだ」

折原は麻子のそういう少年のような言い方に以前から気がついていて、好きだった。麻子がまれに見せる天真爛漫な一面だと思っていた。待ち合わせる酒場の名前を告げると、麻子はその店を知っていて、おてるさんのお店ねと言った。

女ひとりでやっているカウンターだけの小さな薄暗い酒場だった。麻子が勤める酒場から歩いて五分もかからない六丁目の地階にある。折原が銀座で飲んでいるときは、かならず寄る酒場だった。

折原がてる子の店で水割を飲んでいると、まもなく麻子がやってきた。ちょうどタクシーのつかまらない時間である。そこで一時過ぎまで飲みながら、折原は麻子の生いたちを聞いた。

麻子が十五歳で処女を失ったと知ったのは、このときだ。映画俳優で傍役《わきやく》だった父親が家を出てしまい、母親と妹の三人で暮していたのだが、麻子は母親を嫌った。なぜ嫌ったのか、そのわけを折原は聞かなかった。

麻子は父親が好きだったのだ。しかし、その父親が若い愛人のもとへ走り、麻子は家出した。

ディスコで知り合った若い男たちの家やアパートを泊りあるいた。

「それから、いろんなことをしたわ。喫茶店に勤めたり、バーでアルバイトしたり、お金になることならなんでもしたのよ」

たぶん、それで男と寝ることに慣れてしまったのだ。折原はそう思った。男を知らないような顔をしているが、そういう女は麻子ひとりではないだろう。

折原は銀座から六本木のスナックに麻子を連れていった。そこでも麻子はだいぶ飲んだが、くずれることはなかった。ただ、飲んでいるとき、折原によりかかり、彼の手をにぎっていた。

もう帰ろうかと折原が言うと、麻子はかぶりをふった。

「いや、まだ帰りたくない」

金曜日の夜だったから、折原も時間を気にしないで飲んだ。素顔の麻子をときどき見やりながら、唇のかたちがいいし、唇の色が美しいと折原はあらためて思った。

麻子が突然言った。

「折原さんに私をあげる」

はじめはなんのことだか折原もわからなかったが、麻子の真剣な顔を見て、その意味を知った。麻子の目が異様なまでに輝いていた。口をかすかに開けて、濁ったような色の歯が見えた。それはチェイン・スモーカーのよごれた歯の色とはちがっていた。

「送っていくよ」

折原は立ちあがって、麻子の手をとった。彼女はすなおについてきたし、躰をふらつかせることもなかった。ただ、折原の腕をつかんではなさなかった。

麻子ひとりをタクシーに乗せてしまえばよかったのかもしれない。しかし、腕をつかまれたまま、折原はタクシーに乗ってしまった。麻子は運転手に湯島と告げた。折原の肩に顔を押しつけてきて言った。

「折原さんが好きだったのよ」

「婚約者がいるじゃないか」

「いいの。結婚したら、若奥様になるんだから。ほんとに折原さんとしたかったのよ」

麻子は折原の頬にかるくキスした。折原はすでに麻子の手をにぎっていた。

「折原さんは優しいから、あのチップ、うれしかったの。あんなに親切にしていただいたの、生れてはじめて」

折原は子供をあやすように、麻子の肩を抱いていた。麻子の結婚する相手のことが頭をかすめていった。

タクシーが湯島天神に近づくと、折原はラブホテルの前でおりた。自分から主導権をとるつもりになっていた。

麻子は折原の腕を両手でつかんでいた。ほっそりした長く白い指が街灯の明りににぶく光っているように見えた。

折原もこのあたりを知らないわけではない。妻とのセックスがなくなってから、短い情事にこの付近のホテルを利用している。

この時刻では人影もなく、ときおりタクシーが走りすぎてゆくだけで、寝しずまった町でホテルのネオンの灯が場ちがいに見えた。折原もわが身を場ちがいに思っていた。

麻子はまもなく花嫁になる女なのだ。彼女のほうがその意味ではもっと場ちがいだろう。淫乱なのか、男なしではいられない女なのかと折原は酔った頭のなかで考えた。

折原が以前に利用したことのあるホテルの部屋はラブホテルらしくなかった。ビジネスホテルに近い部屋にダブルベッドがある。それにナイトテーブルと二つの椅子。

麻子は部屋のまんなかにたよりなげに立っていた。折原は窓ぎわに行って、茫然とネオンの灯が散らばる暗い街並を見おろした。

かたわらに麻子が来たのを感じた。彼女も眼下にひろがる、さびしい夜景を見ている。折原が彼女の腰に手をまわすと、麻子は顔を向けてきた。二人は自然に唇をかさねた。

麻子の唇は甘い匂いがして、やわらかく吸いついてくるようだった。舌がからみあい、やがて麻子が舌を入れてきた。折原は彼女のほっそりした躰を手で確かめることができた。やがて麻子が言った。

「シャワーを浴びてくる」

逃げるように麻子は浴室に行った。折原もシャワーを浴びたかったが、冷蔵庫から缶ビールをとりだして飲んだ。

麻子がドレスを着て出てくると、折原は無言で浴室に行って、シャワーを浴びた。顔を洗うとき、髭が頬から顎にかけてうっすらと伸びていてぞりぞりした。

折原がバスタオルを巻いたまま、浴室から出てきたとき、椅子にきちんとたたんだドレスや下着がおいてあり、麻子は部屋の照明を枕もとのスタンドの明りだけにして、ベッドにはいり、折原のほうに背を向けていた。華奢《きゃしゃ》な白い肩が毛布の上から覗いていた。

折原は麻子の横にもぐりこんで、乳房に手を触れた。大きくはないが、彼の手のなかではずむように感じられた。麻子は向きを変えて、折原の前で目を閉じた。

部屋のなかは暑いほどで、折原は毛布をはいだ。一瞬、麻子は身を縮め、膝を折った。その裸身を見ながら、折原が彼女の腰に手をやると、麻子はいっそう躰をまるめて、折原の胸に顔を押しつけてきた。彼女の唇が折原の胸に触れていた。折原は少女の初々しさを感じた。

折原はこの女に結婚の相手がいることを忘れた。何もかも忘れて、二十二歳の麻子のなかに溺れていった。自分が四十男であることも忘れ、全身に力がみなぎるのを感じた。

麻子は折原の動きに敏感に反応し、小さな声をあげた。最後には閉じた目にうっすらと涙をにじませていた。

そのあと、麻子は折原の胸に顔を寄せ、よかったわとささやいて眠ってしまった。その深い寝息を聞きながら、折原は窓の外を見ていた。東の空をおおう雲がかすかに明るんできていた。折原にとって忘れられそうにない一夜が終ったのだ。

折原は麻子をのこして帰りたかったが、そう思っているうちに眠ってしまったらしい。目がさめたとき、外は寒そうな霧雨が降っていて、麻子は背を向けて、すやすやと眠っていた。時計を見ると、十時を過ぎている。

眠ろうとしたが、もう目がさえていて、さっぱりとした気分だった。諦めに似たものが胸のなかにあった。

麻子に会うことはないだろう。会ったとしても、麻子は変っているはずだ。一夜かぎりの情事だったのだ。折原は麻子の胸に手をのばしかけた。

「いや」

麻子は言って、くるりと向きなおった。起きていたのだ。ひたと折原の目を見ている。折原も麻子の目をみつめた。すると、麻子は折原の胸に手をおき、うなずいて言った。

「部屋を暗くして」

「こないだ、どこでセックスするのが最高かって話になったのよ」

麻子が残ったウィスキーを一息に飲んだ。

「お客さんがそういう話をしてたの」

折原はとぼけて訊いた。

「ベッドじゃないのかね」

「結婚すると、それも飽きちゃうでしょう。お客の一人が、麻子、おまえはどうなんだって訊いた。答えませんでしたけどね」

夜中の団地の階段だとか屋上だとか、海外へ行くときの飛行機の客席だとか、いろんな意見が出たそうだ。しかし、こういうことは意見といえるものではないだろう。

「私、よほど教えてあげようかと思った」

折原は黙っていた。もう十数年前のことになるが、湯島の一夜は、あれは夢だったのだと苦いおもいにとらわれた。そのくせ、麻子の話を聞きたいのである。麻子が言った。

「電車のなかでしたのが、最高にスリルがあったな」

「電車のなかって？　まさか東京でじゃないね？」

「もちろんよ。九州の山のなかを走ってる電車のなか。九州出身の男の子と知り合ってさ。その子の家へ行くとき、電車のなかは私たち二人だけで、ほかの誰も乗ってないの」

三両連結の電車で、車掌もやってこなかった。そこで麻子は愛をかわしたのだ。十七歳の麻子は九州から上京した二十二歳の若者を愛していたという。喫茶店のウェイトレスをしていたときに知り合い、三月ばかり同棲してから、彼の郷里を訪れたのだった。

その若者と別れたあと、彼の消息を聞かないと麻子は言った。だが、この話は前おきにすぎなかったようである。麻子は阿部の話をはじめた。

「彼にお金返して、店を移ろうかと思うの」

「移るって？」

「いまのはリースでしょう。それだと家賃が高いんで、営業権というのか造作権というのか、それを買おうかと思うの。そうすると、家賃が安くなるわ。六坪で月四十万よ。一番高いときに借りちゃったから、仕方がないけど」

「スポンサーは承知するかね」

「阿部さんが？　承知するも何もないわ。私、切れたいのよ」

「いやになったわけか」

「そういうことじゃないの。世話になりたくないのよ。あちらもおじいちゃんだし」

「じゃあ、切れたほうがいい。話のわかる人らしいから」

「そう簡単に言わないでよ」

「言いだしっぺは君だよ」

「そりゃそうだけど、考えると、頭の痛くなることばかり」

麻子は顔をしかめて、オン・ザ・ロックスを飲んだ。折原は自分のグラスにウィスキーを注ぎ、水を少し加えた。

階段をあがってくる足音がした。その足音から常連の一人だとわかったが、折原は鍵をあけないことにした。悪いとは思ったが、今夜は他人をまじえたくなかったのだ。まもなく諦めて、階段をゆっくりおりてゆく足音が聞こえてきた。窓のブラインドをおろしておいてよかった。

「帰ったわね」

麻子がほっとしたように言ったのが、折原にはおかしかった。麻子のような図太い神経の持主でも緊張することがあるのだ。

「私も鍵をかけて、二人きりになったことがあったわ」

「でも、君の場合は色模様だろう」

「あれはそうかなあ。お店をはじめたころよ。阿部さんと二人きりになって、鍵をしめて、奥でやっちゃったのよ」

折原は麻子の店を思いうかべた。この店に似ていないこともない。カウンターは七、八人でいっぱいになり、客の止まり木のうしろにテーブルが三つばかり並び、その向うが腰をおちつけることのできるソファーになっている。麻子が笑いながら言った。

「一時を過ぎてましてね。通りをへだてたバッティングセンターから、ときどきボールを打つ音がかすかに聞こえてくるの。カーン、カーンという。私、燃えちゃったわ」

セックスというのは、その気になれば、どこででもできるのだ。山間を走る電車のなかでも、酒場という密室のなかでも。麻子は退屈していたのかもしれない。きまりきった相手だと、場所を変えたくなる。

折原は自分が年齢をとったのを感じていた。スポンサーの阿部を彼女がおじいちゃんと言ったからではない。

阿部は折原よりも若いはずで、まだ五十にはなっていないだろう。髪もふさふさとしていて、趣味のいいスーツを着ている。何をやっているのか折原もよく知らないが、資産家の二代目と聞いている。

麻子が銀座にもどってきてから、折原の店にときどき現われるようになった。彼が一人で来ることはなく、かならず麻子といっしょである。彼が麻子の男であることはすぐにわかった。

麻子はいま二人の、いわば旦那を持っていることになる。店の資金を融通してくれた男とマンションの家賃を払っている男と。そのほかに、つまみ食いする相手がいる。

これは旺盛な生活力といったらいいのか、一人の男では我慢できない女だといったらいいのか、たぶんそのどちらでもあるのだろう。麻子は咎《とが》めるように折原を見た。カウンターにおいた折原の手をにぎった。

「私を軽蔑してるんでしょう」

「とんでもない」

折原が自分でも驚くほど強い口調だった。

「麻ちゃんを私は軽蔑したことは一度もなかったよ」

「じゃあ、どうみてたのよ」

折原は天井を向いて思案した。天井が黒くなってきて、煤《すす》が落ちてきそうだ。煤というより埃だろうか。この暮には天井の埃を掃除しなければなるまい。

新宿の新しいビルの四階にある麻子の店とはだいぶちがう。それに、この花水木には、麻子を燃えあがらせるような小道具は一つもない。それは男ひとりでやっている酒場と女がやっている店とのちがいである。この酒場はおよそ色気がない。折原は麻子について昔から思っていたことを口にした。

「君と同類だと思ってるよ」

「まさか」

「いや、いつもそうみてきた。スポンサーがいて、恋人がいて、そのほかにも一夜のお相手がいて——私もその一人だったが——もし私が女だったら、麻子さんみたいになってたんじゃないかと思う」

「それは仮定の話でしょう。答にならない」

「うまく言えないけれども、君も身勝手だし、私も身勝手だということかな」

「私は身勝手じゃないわ。これでも必死なのよ。どうやって家へ帰ったのかわからないことだってあるし、それはへべれけに酔ってしまったからだけど、つぎの朝は昨日の売上を計算したり、請求書を書いたり、午後は由美を幼稚園に迎えに行ったり……」

麻子は一息ついて、折原が注いでやったばかりのウィスキーを飲んだ。折原は電卓で売上を計算し、請求書を書いている麻子の姿を想像した。

「高校にもろくに行かないで、ぐれて家出した私にはそういうことって大変なのよ。そう思わない、折原さん?」

「でも、君はまだ女子大生で通るぜ」

麻子がゲラゲラ笑いだした。その笑い方が品がない。品のいい顔だちを笑い声が否定してしまう。笑うのをやめて、麻子が言った。

「知らないお客はそう言うけど、知ってる人にはそれじゃあ通らないわよ。見る人が見ればわかるんだから」

「知られたっていいじゃないか。私はこういう女ですと開きなおれば」

「十五のときから開きなおってるわよ」

「それでいいんだ」

折原にしても店では沈黙を守るようにしているが、開きなおっているつもりだ。店で威張りちらす客は極力無視する。酔って連れの女にからむ男には店から出ていってもらう。

「あなたは」

麻子は言いかけて、小さな舌を出した。

「折原さんは優しいけど、私は優しくないから。ビジネス優先だから。優しい男ってお金がないのよ」

「それは昔から言われてることじゃないですか。もっとも、私は優男《やさおとこ》なんかじゃないが」

「いいえ、あなたは優しかったわよ」

十五以上も年下の女に、あなたは、と言われて、折原はこそばゆい気持だった。優しかったわよと過去形になっていることにも気がついていた。それだけ、麻子から遠くはなれてしまったのだ。湯島の夜のあと、彼女が銀座にもどってきて、この酒場に顔を見せるまで、麻子の消息をほとんど聞かなかった。

あれは、湯島のラブホテルに泊ったのはなんだったのかと折原は思う。彼にとっては一生胸にのこる記憶になりそうであるが、麻子にとってはいわば行きがけの駄賃みたいなものだったのにちがいない。

「ねえ、折原さん。二人でお店をやらない？　あなたがバーテンダーで、私がホステス。きっと繁昌するわよ」

「麻子さんの魅力でね」

「それに、折原さんのカクテルの魅力で。そして、お金をためて、どこかよその国に住むのよ。外国の片田舎でひっそりと」

「無理だよ。恋人はどうするのかね。由美ちゃんは？　お母さんは？」

しがらみが多すぎる。折原にはそれほど元気が残っていない。女を欲しいとは以前ほど思わなくなってきている。足腰が言うことを聞かない。これが三、四年前だったら、新宿までタクシーで駆けつけたことだろう。

「やっぱり無理かなあ」

麻子はすぐに現実にもどった。夢のような話であることに、高校中退だが頭のいい麻子はすぐに気がついたのだ。いや、はじめからそのことを承知していたのにちがいない。その上で夢を口にしたのだ。

「ねえ、私たちが同類というのは、どういう意味？　どちらもスケベだということ？」

「それもあるが、どう言ったらいいかなあ」

折原はまたしばらく考えた。それから、頭のなかでまとめたことを言ってみた。

「麻子さんが何をしようと、たとえば男から一億円騙しとろうと、あるいは、まあ、そんなことはないだろうが、男のいちもつを出刃包丁で切りとっちゃおうと、その、人殺しをしようと、私は麻子さんの味方だということかな。気障な言い方だけれど、そういう気持できた。ただし、味方といっても、何もしてあげられなかったし、いまもできないがね」

「優しくしてくださったじゃないの、湯島で。忘れられないわ。私、いい子だったでしょ。あのときだけ、いい子だったと思うわ」

折原は窓際まで行って、ブラインドを上げ、窓を少し開けてみた。雨も風もやんでいる。個人タクシーが何台か客待ちしている。人通りはたえてないが、酔って歩いている人たちの顔にしらじらしい表情が出ているように見えた。

折原は窓を閉めて、ブラインドをおろし、カウンターにもどってきた。麻子が声もなく笑っている。何かおかしいことでもと折原は訊いた。

「わざと私、声を出すの」

意味はすぐにわかった。よくよくこの女はそういう話が好きなのだ。

「折原さんだから、こんな話をするのよ」

「堀江さんの前ではしないのかね」

「しないわよ。それでなくても、すぐに喧嘩になるんだから」

「スポンサーとは?」

「しませんよ。最近は話すこともないの。彼、お店に来て、ユカちゃんを――中国人の女の子よ――相手に飲んでるわ。見る人が見たら、すぐに正体がばれちゃうのに」

「前のご亭主とは、セックスの話はしなかったのかね」

折原は少し酔ってきたらしい。自分でもえげつないことを聞くと思っている。麻子がえげつないことを言うからだ。そういう話は男がするもので、女はしないはずである。

麻子は男に生れてきたらよかったのだ。彼女の前にいると、折原はわが身の女々《めめ》しさをいやでも感じる。彼女のほうがはるかに海千山千だ。いっしょに酒場をやったりしたら、麻子にいいように使われるのがオチだろう。

「サービスだもの」

麻子は言って、笑みを浮べた。煙草の包みに手を伸ばしかけたが、かわりにオン・ザ・ロックスを飲んだ。灰皿にはもう七、八本の吸殻がたまっている。折原は灰皿をとりかえながら訊いた。

「どうして離婚したのかね。それを聞いてなかった」

折原は言ったが、離婚も当然だという気がしていた。よく八年も結婚生活がつづいたものだ。別れるころになって子供が生れた。よく子供を産む気になったと思う。その点では、麻子も女なのである。

「セックスとお金がなくなったら、結婚生活にあと何が残りますか、折原さん」

折原はゆうべの客の話を思い出した。その四十代の客は親友らしい男に妻が病気で入院していることを語っていた。妻は余命いくばくもないという。妻とのあいだには、彼女が悪い病気にかかる、かなり前から性生活がなかった。そのせいか、あまりかなしくないんだ、とその客は相手に言っている。

「男の人ってどうなのかしら。折原さんは？　折原さんだってバツイチでしょう。私、知ってるのよ。ちゃんと調べたんだから」

「あるお客が言ってたんだけど、好きな女のなかにはいっているときが、一番生きてる気がするって」

「で、あなたは？」

「同感だった。年齢をとると、いっそうそういう気持になる。現実には、セックスができなくなるのにね」

「だから、私も声を出してあげるの。そのほうがおもしろいわ」

「それも仕事のうちか」

「そうよ。ビジネスとサービス。暑いわ、暖房がききすぎて」

折原は扉の近くまで行って、暖房の温度を低くした。十一月も末になって、時間もいまごろになると冷えてくる。シャツ姿の折原には暖房が必要である。

「おぼえてる、湯島のホテル、暑かったことよ。いまごろだったわね」

「よくおぼえてるね」

折原も細部まで忘れていない。麻子の一つひとつの仕種や動作を胸に刻みこんだように記憶している。ああいうことはそのあと二度となかったし、これからもないだろう。

「今日だったのよ。今夜だったのよ」

「それで来たわけか」

「私だってそういうところはあるのよ」

「女の人は過去のことはすぐに忘れるっていうがね。男のほうがむしろ昔のことにこだわる。

何かで読んだよ」

「私って男っぽいんだ」

「私のほうが女々しい」

「だから、優しいのよ」

「それでお金がない」

麻子は椅子からゆっくりとおりた。そして、ゆっくりと手洗いのほうへ行った。ヒールの高い靴をはいているから、足もとに気をつけているような歩き方である。

洗面所のドアが閉まったあと、折原はカウンターにおいたハンドバッグになにげなく目をやった。ハンドバッグの留金がはずれていて、なかが見える。

一枚の写真がはいっていた。折原は無断でその写真を抜いた。きもの姿の由美が写っている。由美は写真のなかで無心に笑っていた。折原はしばらく見てから、写真をハンドバッグにもどした。

由美は、父親がいて、母親にはいっしょに住む男がいるという、その意味を知らないだろう。いずれはそれを知ることになる。あるいは、その前に堀江は去っているかもしれない。四十を過ぎるまで、いや五十近くまで、麻子はいまの生活をつづけるにちがいない。

洗面所のドアが開いて、麻子が出てきたとき、折原は立ちあがっていた。彼女ははだかだったのだ。

麻子は片手に着ていたものを抱え、もう一方の手で胸をおおっている。靴もぬいでいた。顔に微笑を浮べているが、しかし、湯島のラブホテルで見せたような、あの初々しさは失われていた。

躰の線もおなかのへこみもすべて変ってはいない。形よくくびれた胴も折原の記憶と寸分のちがいもないように見える。

「見せるだけよ」

麻子は言い、折原のほうへ近づいてきた。折原は立ちすくんだままで、麻子の裸身をみつめた。

「見せるだけよ」

麻子はまた言った。

「見せたかったの、あなたに」

折原は腕を組んだ。不思議なことに麻子を欲しいと思わなかった。ただ、有難うと呟いた。たぶん、麻子はまた別れを告げに来たのだ。しかし、これも声を出したりフェラチオをしたりするのと同じように、サービスでありビジネスではないのかと一瞬思った。

しかし、折原ではサービスやビジネスの対象にはならない。そのことは当の麻子がよく知っているはずだ。

どれだけの数の男をこなしてきたか折原は知らないが、麻子の躰の線は少しもくずれていない。まだ男を知らないような、そして気品にあふれた裸身なのだ。同時にグロテスクでもある。麻子は胸を隠した手をおろした。乳房もまた小さくもりあがっている。

「わかったよ、麻子」

折原はかろうじて言った。

「いいから、もう着なさい」

麻子は素直に洗面室へ消えた。カウンターにもどってきたときは、何ごともなかったような顔をしていた。淡いピンクの唇に折原はあらためて目をとめた。

「ばかなことしちゃった」

麻子は言って、ウィスキーをぐっと飲んだ。包みから煙草を出して、ライターの火をつけた。

「短日か」

折原はひとりごとのように呟いた。湯島に泊ったときも、同じことを感じた。麻子が訊いた。

「タンジツってなんのこと」

「冬の日の短いことをいうんだ。日暮れが早いってことかな。短い日と書く」

早く日が暮れて、一日が短く感じられるということだろうか。冬の日でなくても、折原は日が短いと思っている。

麻子のグラスにウィスキーがないのを見て、折原は優しく言った。

「まだ飲むかね。それとも、そろそろ帰りますか」

「折原さんは？」

「私はどっちでもいい。女神のはだかを拝ませてもらったのだから」

「女神だなんて。うれしいけど、淫乱な女神よ。でも、私って淫乱かな？」

「いや、私の前では処女だった」

「あのとき？」

「そう」

いまはちがうとは言えなかった。折原はもう一杯だけ麻子のグラスにウィスキーを注いでやった。ボトルには三分の一も残っていない。折原は自分のグラスに多目に注いだ。もう水を加えなかった。

「折原さん、帰ろうかな」

「そのほうがいい」

麻子はグラスには手をつけないで、椅子からおりた。ハンドバッグを手にとり、留金をかけた。

「新宿まで来てくれたらよかったのに」

折原はとりあわなかった。もう手おくれだろう。麻子とは一度しかできなかったことなのだ。二度あってはならないものだったと思う。ただ一度だけでいいというものがある。

折原は扉の鍵をあけ、麻子を押しだすようにして自分も店を出た。階段をおりてゆく麻子の足どりはしっかりしていた。

麻子はタクシーに乗りこむと、窓を開けて、笑みを浮べ小さく手を振った。折原はその笑顔にこの女の優しさを見たような気がした。

店にもどるとき、バランスを失ってころびかけた。麻子に合わせて、かなり飲んでしまったようだ。

カウンターの灰皿から煙がたちのぼっていた。折原はグラスに水をたらして、ウィスキーをゆっくりと味わうように飲んだ。麻子はなぜ来たのかと思っていた。べつに来なくてもよかったのだ。それほど退屈しているとも思えなかった。

急に酔いがまわってきたようで、カウンターに俯《うつぶ》せになった。眠りが少しずつやってきた。電話が鳴っているような気がしたが、折原は深い重い眠りに落ちていくのを感じていた。その眠りのなかで電話がしばらく鳴って、やがてやんだ。

常盤新平（ときわしんぺい）一九三一年三月一日、岩手県水沢市に生まれ、高校卒業まで仙台市で育つ。翻訳家を目指しながら早川書房に十年間勤務したのち、一九六九年に独立。『彼らは廃馬を撃つ』『汝の父を敬え』『大統領の陰謀』『夏服を着た女たち』といったノンフィクションや現代小説の翻訳を手掛けるかたわら、『アメリカが見える窓』『はじまりはジャズ・エイジ』『ブックス&マガジンズ』『ニューヨーク紳士録』など、アメリカの文化を紹介する本を次々と刊行。一九八六年に初の小説集『遠いアメリカ』で直木賞を受賞し、以後、『彼女の夕暮れの街』『恋貧乏』『片隅の人たち』『たまかな暮し』をはじめ、市井の人びとの哀歓を描いた作品を発表する。また、エッセイの名手としても定評があり、『雨あがりの街』『熱い焙じ茶』『銀座旅日記』『明日の友を数えれば』など著書多数。マフィアへの深い造詣でも知られる。二〇一三年一月二十二日逝去。没後刊行の著作に『私の「ニューヨーカー」グラフィティ』『東京の片隅』『いつもの旅先』（いずれも幻戯書房刊）がある。

銀河叢書

酒《さか》場《ば》の風《ふう》景《けい》

二〇一六年四月十二日　第一刷発行

著者　常盤新平

発行者　田尻　勉

発行所　幻戯書房
郵便番号一〇一－〇〇五二
東京都千代田区神田小川町三－十二
岩崎ビル二階
TEL　〇三（五二八三）三九三四
FAX　〇三（五二八三）三九三五
URL　http://www.genki-shobou.co.jp/

印刷・製本　精興社

ISBN978-4-86488-095-4　C0393

✿「銀河叢書」刊行にあたって

敗戦から七十年が過ぎ、その時を身に沁みて知る人びとは減じ、日々生み出される膨大な言葉も、すぐに消費されています。人も言葉も、忘れ去られるスピードが加速するなか、歴史に対して素直に向き合う姿勢が、疎かにされています。そこにあるのは、より近く、より速くという他者への不寛容で、遠くから確かめるゆとりも、想像するやさしさも削がれています。

長いものに巻かれていれば、思考を停止させていても、居心地はいいことでしょう。

しかし、その儚さを見抜き、伝えようとする者は、居場所を追われることになりかねません。

自由とは、他者との関係において現実のものとなります。

いろいろな個人の、さまざまな生のあり方を、社会へひろげてゆきたい。読者が素直になれる、そんな言葉を、ささやかながら後世へ継いでゆきたい。

星が光年を超えて地上を照らすように、時を経たいまだからこそ輝く言葉たち。そんな叡智の数々と未来の読者が出会い、見たこともない「星座」を描く——

銀河叢書は、これまで埋もれていた、文学的想像力を刺激する作品を精選、紹介してゆきます。

初書籍化となる作品、また新しい切り口による編集や、過去と現在をつなぐ媒介としての復刊を手がけ、愛蔵したくなる造本で刊行してゆきます。

既刊（税別）

小島信夫『風の吹き抜ける部屋』四三〇〇円
田中小実昌『くりかえすけど』三二〇〇円
舟橋聖一『文藝的な自伝的な』三八〇〇円
舟橋聖一『谷崎潤一郎と好色論　日本文学の伝統』三三〇〇円
島尾ミホ『海嘯』二八〇〇円
石川達三『徴用日記その他』三〇〇〇円
野坂昭如『マスコミ漂流記』二八〇〇円
串田孫一『記憶の道草』三九〇〇円
木山捷平『行列の尻っ尾』三八〇〇円
木山捷平『暢気な電報』三四〇〇円
常盤新平『酒場の風景』二四〇〇円

……以下続刊